Write
and
Read 전 삼희

우리 이미
마주쳤을지도 몰라요 :ㅇ

여러분의 길위에
평온의 햇살만이
가득하시기를....

희영

Need Kim

장래선 시간을 기원하며.

로열 로즈에서 만나

위즈덤하우스

차례

모옆 모든에서 만나

◆ 이희영

세상 모든 일이 그렇듯, 시작은 단순했다. 똑똑 떨어지는 물방울이 바위를 뚫듯, 데구르르 굴러가는 눈덩이가 눈사태를 만들 듯. 모든 일은 한 방울의 물, 조약돌만 한 눈덩이로부터 시작되었다.

"왜 그랬어."

"왜 안 하던 짓을 했어."

엄마, 아빠, 언니까지 묻고 또 물었다. 왜, 왜, 대체 왜? 그러나 채이는 대답하지 않았다. 아니, 대답할 수 없었다. 왜 그런 짓을 저질렀는지, 스스로도 알 수 없으니까.

채이가 할 수 있는 말이라고는, "몰라."가 전부였다. 괜한 반항이 아니었다. 구차한 자존심 때문도 아니었다. 채이는 정말 알 수 없었다. 대체 뭐가 어디서부터 잘못되었는지. 짙은 안개 속을 걷듯 눈앞이 희뿌옇게 변해 갔다.

"그게 뭔데?"

아빠가 물었다.

"나도 자세한 건 몰라."

엄마가 한숨을 내쉬었다.

"정말 한심하다, 강채이. 너 그런 말도 안 되는 짓이나 하라고 그 비싼 걸 사 줬는지 알아? 엄마가 너 그거 사 주려고……."

언니는 짜증 가득한 얼굴로 혀를 찼다.

"네가 다섯 살 어린애야? 다 떠나서, 너 내가 무슨 시험 준비하는지 몰라서 그래?"

목소리를 높이는 언니를 엄마가 막아섰다.

"됐다. 견물생심이라 안 하나?"

아빠도 그만하라며 손을 내저었다. 투박하고 거친 손에는 불에 데고 칼에 베인 상처가 선명했다. 엄마와 아빠에게선 노릿한 고기 냄새가 풍겼다. 부모님의 얼굴에는 노여움보다 슬픔과 절망이 어렸다. 보이지 않는, 그러나 명백히 존재하는 무언가가 채이를 통째로 집어삼켰다. 내가 그렇게 한심한 일을 저지른 걸까? 유치하고 멍청했던 걸까? 채이가 두 손으로 마른세수를 했다. 손끝에 느껴지는 얼굴 윤곽이 어쩐지 생경했다.

"당분간 너 포르타 압수야."

언니가 말했다.

"그래도 공부는 해야 하는데……."

엄마의 목소리가 힘을 잃고 허공에서 흩어졌다. 방 안 가득 시끄러운 벨 소리가 울려 퍼졌다.

"예, 사장님, 제가 반죽을 좀 더 연구했는데요."

아빠가 전화를 받으며 밖으로 나갔다.

'5,000만 레스야. 그래 봤자. 5,000원밖에 안 돼.'

이 한 마디는 소리가 되어 나오지 않았다. 채이는 꿀꺽 마른침을 삼켰다.

"너도 어서 돌아가. 잘 해결됐으니까, 신경 쓰지 말고."

엄마가 언니의 등을 문으로 떠밀며 돌아섰다. 뒤이어 딸깍 방문이 닫히는 소리가 들렸다. 고개를 돌리자 책상 위에 놓인 포르타가 보였다. 신형 VR 글라스가 전등에 반사되어 반짝였다. 물에서 막 건진 조약돌처럼 매끈했다. 방은 좁고 허름했다. 커터칼에 긁힌 원목 책상은 누렇게 색이 바래 있었다. 그 위에 놓인 포르타 나인은 어쩐지 이질적이었다. 서툰 포토샵으로 조잡하게 꾸민 사진을 보는 듯했다. 벽시계의 초침이 원을 그리며 돌아갔다. 째깍째깍 소리가 뾰족한 화살이 되어 귓가에 박혔다. 채이는 무릎을 세우고 그 사이에 얼굴을 묻었다.

*

"다음은 a의 3분의 1이 되는 거죠. 괄호에 나온 식은 어떻게 풀까요? 아주 간단해요. 이차 방정식은 생각할 필요도 없습니다. 자, 그럼 어떻게 하느냐. 먼저 x를……."

칠판에 글씨를 쓰던 수학 선생님이 그 자리에 멈췄다. 잠시 뒤 칠판과 선생님이 서서히 분해되더니, 퍼즐로 된 세계처럼 모든 것이 조각조각 부서져 내렸다.

"아씨, 또 이러네?"

채이가 허공을 터치하고는 포르타를 벗어던졌다. '포르타-02'는 5년이나 된 구형 VR 글라스였다. 안 그래도 몇 번인가 A/S를 받았는데, 아무래도 수명이 다한 모양이었다. 너무 낡아 더 이상은 부품을 교환하기도 어려울 것이다. 이 구형 포르타로는, 고작해야 VR 아카데미 접속이 전부였다. 게임과 VR 쇼핑조차 쉽지 않았다. 채이는 오히려 그 점이 마음에 들었다. 메타 시네마에서 영화를 보거나 콘서트에 갈 수 없는 건 다소 아쉽지만……. 그러기 위해선 포르타 6.5 이상의 버전이 필요한데 낡은 VR 기기로는 버전을 업데이트 할 수 없었다. 기본적인 아카데미 수업도 매끄럽지 않은 상황에서 그 이상을 원하는 건 무리였다.

"이번 단원까지 해야 하는데."

채이가 손에 쥔 포르타를 침대에 던져 놓았다. 흘낏 바라본 달력에 빨간 동그라미가 그려져 있었다.

"나도 모르겠다."

습관처럼 주머니 속 핸드폰을 꺼냈다. 그 사이 해나와 아진에게서 톡이 와 있었다. 무음으로 해 놓아서 미처 확인하지 못했다.

> 해나
> 채이 VR 아카데미 수업하나?

> 아진
> 아마 그럴 거야. 수업 중엔 핸드폰 꺼 놓잖아.

해나

참, 이번 주말에 채이 생일이지. 우리 뭐 할까?

아진

글쎄?

고등학교에 입학하면서 친해진 친구들이었다. 동네도 같고, 좋아하는 아이돌이며 식성도 비슷했다. 자연스레 셋이 어울려 다녔다. 누구보다 가깝지만, VR 글라스가 말썽이라 아카데미 수업도 끊겼다는 말은…… 별로 하고 싶지 않았다. 대신 하소연할 사람은 따로 있었다.

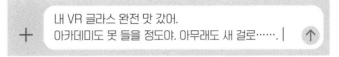

내 VR 글라스 완전 맛 갔어.
아카데미도 못 들을 정도야. 아무래도 새 걸로…….

채이는 애써 쓴 장문의 톡을 지워 버렸다. 말해 봤자 언니 속만 시끄럽게 만들 뿐이다. 한 번 떨어진 시험에 재도전하는 건 쉬운 일이 아니니까. 대학생인 언니는 경찰이 되기 위해 공부를 하고 있다. 작년 시험에는 몇 문제 차이로 탈락의 고배를 마셨다. 태연한 척해도 많이 초조하고 심란할 테지.

채이는 책상에서 일어나 방을 빠져나왔다. 부모님은 지금쯤 저녁 장사에 분주할 것이다. 아니, 차라리 바쁘면 다행이다. 요즘은 전만큼 장사가 되지 않는다. 단순히 맛으로만 경쟁하는 시대는 끝났으니까. 맛은 기본이요, 식당의 인테리어와 분위기까지 신경 써야 했다. 구도심의 작고 허름한 불고깃집은 몇몇 단골 외에는 아무도 관심을 두지 않았다.

채이가 슬리퍼에 발을 구겨 넣고는 밖으로 나왔다. 부모님의 식당은 빌라에서 멀지 않았다. 몇 발자국 걷기 무섭게 달짝지근한 양념 냄새가 풍겨 왔다. 기웃이 쳐다본 유리 벽 너머에는, 고작 두 테이블만이 차 있었다.

문을 열자 어서 오세요, 하고 소리치던 엄마가 딸을 보고 싱겁게 웃었다.

"VR 아카데미는 벌써 끝났어?"

채이가 털썩 의자에 주저앉았다.

"접속 끊어졌어. VR 글라스 완전 고장 났나 봐."

"새로 사야겠네."

엄마가 한숨과 함께 맞은편 의자를 끌어냈다. 머릿속으로 최신형의 '포르타-09'이 스쳐 지났다. 얼마 전 아진이 포르타 나인으로 바꿨다고 했다. 해나는 작년 말에 포르타 에이트를 샀다. 공식적인 이유야 VR 아카데미 수업이지만, 비공식적으로는 메타버스의 다양한 플랫폼을 경험하기 위해서였다. 부모님들이 진짜 이유를 몰라서 VR 글라스를 사 주는 건 아니겠지만……. 그러나 채이는 달랐다. 낡은 VR 글라스로는 아카데미 수업조차 버거웠다.

"곧 우리 딸 생일인데, 엄마가 백화점 가서 옷이라도 한 벌 사주려고 했지."

"됐어. 옷은 그냥 온라인으로 사면 돼. 그게 더 싸."

채이는 문득 엄마와 백화점에서 쇼핑하던 때를 떠올렸다.

이런저런 옷들을 둘러보는 엄마에게 점원이 다가와 물었다.

"원하시는 디자인이 있으시면 말씀하세요. 저희가 보여 드리겠습니다."

더없이 친절하고 상냥한 말투였다. 그러나 채이는 느낄 수 있었다. 그들은 엄마가 직접 옷을 만지는 것을 달가워하지 않는다는 것을. 혹여 엄마 몸에서 풍기는 노릿한 고기 냄새가 옷의 배기라도 할까 전전긍긍한다는 사실을 말이다.

"그럼 VR 글라스 보러 가자. 하루라도 빨리 사야 공부하지. 뭐 살 건지 네가 알려 줘."

채이의 시선이 테이블로 떨어졌다. 단순히 아카데미 수업만 한다면 '포르타-05' 정도면 충분했다. 최신형을 사 봤자, 오히려 공부에 방해만 되겠지.

"포르타 나인."

하지만 이왕 사는 거 최신형으로 구입하고 싶었다. 물론 가격대가 만만치 않을 것이다. 하지만 포르타 나인 역시 머지않아 구형이 될 것 아닌가.

"알았어. 공부에 필요하다는데 생일 선물로 사 줘야지."

엄마가 웃으며 고개를 끄덕였다. 주방에서 불고기를 굽는 새하얀 연기가 피어올랐다.

채이와 해나 그리고 아진이 학교 벤치에 나란히 앉았다. 여름이 물러서자 은행나무가 노랗게 물이 들었다. 이제 곧 고2가 되는 열일곱에게, 가을 하늘은 마냥 청명하지만은 않왔다.

"잊지 마. 토요일 오후 5시."

아진이 말했다. 해나가 크게 고개를 끄덕였다.

"티켓 비싸지 않았어?"

채이가 걱정스러운 얼굴로 물었다.

"진짜 콘서트도 아니고, 메타버스에서 하는 건데. 개인별 접속 코드 알려 주는 거야. 입장 한 시간 전에 전송해 준다고 했어. 참, 지난번에 너희 엄마가 주신 파김치 맛있더라. 아빠도 정말 잘 먹었다고 꼭 전해 드리래."

채이가 최신형 VR 글라스를 샀다는 소식에, 아진은 곧바로 메타버스 콘서트 티켓을 예매했다. 세 사람이 좋아하는 아이돌 '미즐'의 공연. 콘서트를 생생하게 관람하기 위해서는 포르타 6.5 이상의 버전이 필요했다. 채이도 최신형으로 바꿨으니 이젠 다 함께 즐길 수 있다.

"너희들도 미즐 메타 콘서트 처음이야?"

두 사람이 고개 돌려 서로를 바라보았다. 그것으로 답은 충분했다. 해나와 아진은 이미 경험했구나. 다만 채이를 배려하기 위해 얘기하지 않았을 뿐이다.

해나는 채이와 사정이 비슷했다. 언니와 밑으로 남동생이 있었다. 언니는 국비장학생으로 선발되어 작년에 유학길에 올랐다. 학비 이외에도 이래저래 들어가는 돈이 많은 모양이었다. 초등학생인 남동생은 축구에 재능을 보였다. 공부 잘하는 언니와 운동에 남다른 재능 있는 동생, 반가운 소식이지만 그만큼 뒷바라지해야 할 것들이 많았다.

'그냥 얌전히 학교 다니는 내가 효녀지. 안 그러냐?'

해나는 이렇게 말하며 천연덕스럽게 웃었다.

아진은 조금 달랐다. 초등학생 때까지는 제법 부유하게 살았다 했다. 아빠의 사업이 잘되던 때였다. 그러다가 욕심이 생겼고, 무리하게 사업을 확장하다 결국 파산까지 이르게 됐다. 지금은 간호사인 엄마의 월급으로 생활하고, 아빠가 번 돈으로는 조금씩 빚을 갚고 있다. 아진은 이런 와중에도 여전히 새로운 사업에 미련을 버리지 못한 아빠가 걱정스럽다는 말도 덧붙였다.

'난 오히려 잘됐다 싶어. 우리 엄마 나 의사 만든다고 얼마나 들볶았는지 알아? 자신이 의사 되지 못한 한을 그렇게라도 풀려 했지. 영어 유치원부터 시작해서 나 초등학교 때는 고액 과외도 했다? 아마 우리 아빠 사업 안 망했으면, 내 인생이 망했을걸?'

장난스레 한쪽 눈을 찡긋하던 아진이었다. 화려한 대도시에는 거대한 마천루만 우뚝 솟은 게 아니었다. 곧게 뻗은 도로만 있지도 않았다. 색색의 불빛에 밀려난 변두리도 엄연히 존재했다. 좁고 높고 어두운 곳에는 키 작은 상점들과 어깨를 나란히 하는 빌라촌이 있었다. 그것이 진짜 세상이라고 채이는 생각했다.

"야, 그게 중요한 게 아니잖아. 이번 미즐 메타 콘서트는 우리 셋이 다 같이 본다는 게 중요하지. 우리 그날 신나게

놀자고."

아진이 짝 손뼉을 쳤다. 그 소리가 멍한 채이의 정신을 깨웠다.

"미즐 메타 콘서트 말고, 진짜 콘서트 가 봤으면 좋겠다."

해나가 아쉬운 듯 긴 한숨을 내쉬었다.

"야, 진짜는 표 값 장난 아니야. 애들 완전 개미처럼 보이는 S석 값이 8만 원이 넘어. 그마저도 바로 매진되잖아. 또 콘서트홀까지 언제 가냐?"

그렇겠지? 말하며 해나가 주머니 속 핸드폰을 꺼내 들었다. 화면을 빠르게 넘겨 보던 해나의 손가락이 이내 한 곳에서 멈췄다.

"와, 진짜 사람이 어떻게 이렇게 생겼냐? 완벽하다, 완벽해. 고작 티셔츠 한 장 입었을 뿐인데 몸에서 빛이 나요."

그 사이 또 미즐의 기사를 검색한 모양이었다. 해나의 입에서 진심인 게 틀림없는 감탄사가 흘러나왔다. 채이가 기웃이 목을 빼 화면을 쳐다보았다. 미즐의 리더인 건이 카메라를 향해 환하게 웃고 있었다. 보기만 해도 기분 좋게 만드는 멋진 미소였다.

"얘 말하는 거 봐. 고작 티셔츠 한 장? 야, 건이 입고 있는 티셔츠가 얼마 하는지나 알아?"

아진이 말했다. 글쎄? 싶은 표정으로 두 사람이 화면으로 눈을 돌렸다.

"못해도 300은 넘을걸?"

고작해야 하얀 면 티셔츠였다. 30만 원이라 해도 놀랄 텐데 300만 원이라니? 3만 원이면 충분히 살 수 있는 디자인이었다. 가격에 놀란 건 해나도 마찬가지인 듯 보였다.

"말도 안 돼."

채이가 소리쳤다. 아진이 제 핸드폰을 꺼내 키패드를 두드리고는 화면을 건넸다. 너희 두 눈으로 똑똑히 보라는 뜻이었다.

"샤넬 티셔츠야."

건이 입은 것과 똑같은 디자인이었다. 그 밑에는 '3,520,000'이라는 숫자가 적혀 있었다.

"미즐 다섯 명이 입고 있는 옷이랑 신발이랑 액세서리 다 합하면 아파트 한 채는 너끈하게 살 수 있을 거야."

아진의 입에서는, 샤넬, 아르메스, 루비톤, 프리다 같은 고가의 명품 브랜드 이름이 쏟아져 나왔다. 물론 그 정도야 채이도 익히 들어 알고 있었다. 하지만 손바닥만 한 동전 지갑이, 촌스러워 보이는 슬리퍼가, 아무 무늬 없는 티셔츠 한 장이 그렇게 비쌀 줄은 미처 몰랐다. 지금까지 그런 것에 아무런 관심도 흥미도 없었으니까.

"이거야말로 그들만이 사는 세상이네. 5,000만 원짜리 핸드백 들고 다니면 기분이 어떨까?"

해나가 질렸다는 표정으로 고개를 내저었다.

"뭐가 어때? 우리가 아침마다 학교 가방 메는 거랑 똑같지. 그들만의 세상 맞아."

아진이 피식 웃었다.

"공부만 잘하라는데, 잘하면 뭐 해, 평생 이런 옷 한 벌 사 입을 수나 있겠냐?"

해나가 쳇 소리를 내뱉었다. 아진이 그런 해나의 머리를 장난스럽게 쓰다듬었다.

"우선 공부를 잘해 보고 그런 소리를 하셔."

"그런데 이게 진짜."

두 사람이 옥신각신하는 사이 채이의 시선이 가을 하늘에 닿았다. 정말 그들만이 사는 세상은 따로 있구나. 똑같은 하늘 아래 살지만, 보이지 않는 벽은 엄연하게 존재하는구나. 열심히 해 봤자 들어갈 수 없는 세계. 그 생각이 들자, 가슴에 이른 겨울바람이 부는 것 같았다. 입가에 저절로 씁쓸한 미소가 번졌다.

너만의 세상 속으로, 너만의 꿈을 찾아.
누구도 너를 대신할 수 없어.
찬란한 미래를 그 작은 두 손에 담아.
자, 이제부터 시작이야.
Your beautiful life.
Your perfect world.
Don't hesitate.
Start here now.

진짜 미즐은 아니었다. 그들을 쏙 빼닮은 아바타였다. 비록 그렇다 한들 채이는 환상적인 무대에 영혼까지 증발한 기분이었다. 너무 황홀해 눈물이 쏟아질 지경이었다. 미즐의 팬이라 말했지만, 단지 노래를 좋아할 뿐이었다. 지금껏 그 흔한 굿즈 하나 사지 않았다. 팬클럽 가입 따위 귀찮기만 했다. 메타 콘서트를 관람하지 않아도 크게 서운하지 않았다. 그런데 이렇게 직접 콘서트에 참여해 보니 왜 사람들이 한정판 굿즈를 사기 위해 줄을 서고, 콘서트 예매를 위해 분투하는지 알 것 같았다. 아바타가 등장하는 메타 콘서트만으로도 가슴이 터져 나갈 것 같은데, 실제 미즐을 코앞에서 보면 어떨까? 아마 기절해 버릴지도 몰랐다. 해나가 진짜 콘서트에 가고 싶어 하는 것도 무리는 아니었다. 채이는 이 모든 간절함을 오늘에서야 느낄 수 있었다.

　두 시간이 눈 깜짝할 사이에 흘러갔다. 채이와 해나 그리고 아진이 서로의 아바타를 바라보며 웃었다. 죽였지? 말하는 아진에게 두 사람이 크게 고개를 주억거렸다.

　"와, 아바타지만 정말 멋지다. 나 건이랑 눈도 마주쳤다?"

　해나가 사랑에 빠진 표정으로 가슴에 두 손을 모았다.

　"메타 콘서트라서 가능한 거야. 실제로 가 봐. TV보다 멀리 느껴질 테니까."

　아진이 환상을 깨 버리려는 듯 손가락을 좌우로 흔들었다. 채이가 세 사람, 정확히는 세 명의 아바타를 번갈아 보았다. 모두 기본 아바타로 설정되어 있었다. 옷과 머리 스타

일을 제외하고는 크게 차이가 없었다. 다만 유료 옵션을 선택한 해나만 화사하게 얼굴에 화장이 되어 있었다.

"신나게 노래 불렀더니 배고프다. 접속 끊고, 이따 어디서 볼까?"

아진이 말했다. 해나가 아쉬운 듯 채이를 바라보았다.

"너도 배고파?"

전혀 배고프지 않았다. 아직 콘서트 열기가 남아 있어 배 속이 아닌 가슴이 요동쳤다.

"아니."

말이 끝나기 무섭게 해나가 아진을 향해 돌아섰다.

"우리 여기 좀 더 있자. 저녁은 나중에 먹어도 되잖아."

결국 세 사람은 콘서트홀 주변을 걷기로 했다. 먼지 한 톨 없는 거리와 햇살에 반짝이는 노란 은행잎, 눈부시도록 파란 하늘에는 곰과 토끼 고래와 범선 모양의 구름이 흘러갔다. 8등신의 선남선녀들만이 걷고 있는 세상은 모든 것이 아름다운 환상 그 자체였다.

"야, 우리 오늘은 거기 가 볼…… 아니, 접속해 볼까?"

해나가 우뚝 걸음을 멈췄다. 어디? 되묻는 눈빛으로 두 사람이 돌아섰다.

"RR. 나 한번 가 보고 싶었거든."

'RR'이 뭐냐는 채이의 질문에 아진이 별거 아니라며 피식 웃었다.

백화점에는 엄연히 VIP들만 갈 수 있는 매장이 따로 있다. 온라인도 마찬가지다. 회원이 아니면 접근할 수 없는 사이트가 있다. 메타버스라고 다르지 않았다. 프리미엄 회원만이 입장할 수 있는 가상 공간이 존재했다. 보이지 않는, 그러나 명백하게 구분 짓는 세상은 현실이나 온라인, 메타버스라고 크게 다르지 않았다.

"RR이 'Royal Road'란 뜻이라고?"

채이가 물었다. 두 사람이 고개를 끄덕였다.

"거기 들어가려면 우선 회원 코드를 받아야 해."

어떻게? 묻는 채이에게 아진이 엄지와 검지를 맞붙여 동그랗게 만들었다. 돈이 필요하단 뜻이었다.

"RR에서는 '레스'라는 가상 화폐를 쓰는데, 5,000만 레스면 1년 동안 RR에 입장할 수 있는 회원 코드가 발급돼."

"5,000만 레스?"

레스라는 화폐 단위도 생소했지만, 채이는 5,000만이라는 숫자에 살짝 기가 죽었다.

"1,000만 레스가 1,000원이야."

해나가 말했다. 로열 로드라 해서 뭔가 대단한 줄 알았는데, 고작 5,000원으로 갈 수 있는 곳이라니. 동네 피시방과 다를 게 뭐가 있나 싶었다.

"거기에 뭐가 있는데? RR에 들어갈 수 있는 회원이 되면 무슨 혜택이 있어?"

채이가 물었다. 아진이 가볍게 어깨를 으쓱해 보였다.

"없어."

"무슨 소리야. 전혀 없는 건 아니잖아."

해나가 소리쳤다. 채이가 두 사람, 아니 똑같은 아바타를 번갈아 보았다.

똑똑 소리와 함께 방문이 열렸다. 익숙한 냄새와 함께 아빠가 안으로 들어섰다. 책상에 앉아 있던 채이가 문 쪽으로 몸을 돌렸다.

"공부는 잘돼? 새 VR 글라스는 괜찮고?"

아빠가 침대 끝에 걸터앉아 두 손을 만지작거렸다. 뭔가 할 말이 있어 보였다.

"왜? 무슨 일인데?"

채이가 물었다. 아빠의 얼굴에 어색한 미소가 지나갔다. 몇 번을 망설인 끝에, 주름진 입가가 조심스레 움직였다.

"올겨울에 가게 앞에서 씨앗 호떡을 팔아 볼까 해."

"누가?"

누구긴 이 녀석아, 라고 말하며 아빠가 힘없이 웃었다.

"아빠가?"

"내가 주방장이잖아."

식당이 생각보다 어려운 모양이었다. 바쁜 저녁 시간에도 고작 두 테이블이 전부였으니까. 두 눈으로 봤는데, 왜냐는 질문은 의미가 없었다.

"주위에 학교도 좀 있고, 원래 1,000원, 2,000원이 더 무서운 법이라잖아. 오래 할 생각은 없다. 요즘 레트로다 뭐다

해서 옛날 것이 다시 인기라. 그냥 네 언니 시험 합격할 때까지만……."

아빠가 말끝을 흐리며 채이의 눈치를 살폈다.

"네 생각은 어때?"

"내 생각이 중요한가, 뭐?"

"너희 학교 애들도 그 앞으로 많이 지나다니고. 네 친구 아진이는 포장도 곧잘 해 가잖아."

아빠의 목소리가 헐거운 매듭처럼 쉬 풀어졌다. 아진이는 가끔 식당을 찾았다. 간호사인 엄마가 야간 근무를 하는 날이었다. 아빠와 먹는다며 불고기를 포장해 갔는데, 그때마다 부모님은 기본으로 나가는 밑반찬 말고도 이것저것 챙겨 주었다.

"괜찮아…… 나는."

두 사람의 시선이 잠시 허공에서 마주쳤다. 먼저 눈을 피한 건 아빠였다. 엄마의 인기척이 느껴지자 그럼 공부하라며 아빠가 방을 나섰다. 잠시 뒤 문틈으로 나직한 목소리들이 흘러 들었다. 기계 대여 초기 비용, 가스와 재료비란 말끝에 150이란 숫자가 들려왔다.

채이가 책상 위에 놓인 VR 글라스를 집어 들었다. 아무래도 저녁으로 먹은 김치볶음밥이 얹힌 것 같았다. 명치끝이 막힌 듯 가슴이 답답했다. 기분 전환이 필요했다. 아카데미에 접속하는 대신 미즐의 뮤직비디오를 재생했다.

너만의 세상 속으로, 너만의 꿈을 찾아.

누구도 너를 대신할 수 없어.

찬란한 미래를 그 작은 두 손에 담아.

금방이라도 손에 잡힐 듯 미즐의 다섯 멤버가 눈앞에서 춤을 추고 있었다. 다섯이 하나가 되어, 하나가 다섯으로 흩어져 오직 채이를 위해 노래 불렀다.

자 이제부터 시작이야.

Your beautiful life.

Your perfect world.

Don't hesitate.

Start here now.

미즐은 영어로 이슬비다. 퍼붓는 소나기가 아닌, 소리 없이 흩날리는 비. 그들은 팬들의 가슴속에 조금씩 스며들기를 원했다. 다소 유치한 콘셉트 같지만, 결과는 대성공이었다. 아이돌에게 별 관심이 없던 누군가도 팬이 됐으니까. 채이가 흥얼흥얼 미즐의 노래를 따라 불렀다. 밤이 깊어갈수록 메타버스 속 세상은 화려하게 반짝였다. 가슴 깊은 곳까지 소리 없이 스며들었다.

"다음 주가 중간고산데?"

아진이 아연한 얼굴로 말했다.

"왜, 이아진 의대 가게? 이제라도 엄마 꿈 이뤄 주려고?"

채이가 쏘듯이 말했다. 아진이 표정을 굳혔다.

"너 지금 뭐……."

심상치 않은 분위기를 느꼈는지 해나가 두 사람 사이를 파고들었다.

"왜들 이래. 다음 주가 시험이니까, 각자 집에서 공부하자고. 공부하는데 잠깐 머리는 식혀야 할 것 아니야? 회원 코드도 발급받았는데 썩히면 아깝잖아."

미즐의 메타 콘서트를 보고 온 날, 해나는 선물이라며 모두에게 로열 로드에 입장할 수 있는 회원권을 만들어 주었다. 5,000만 레스, 그래봤자 한 사람당 5,000원, 셋이 합쳐 1만 5,000원일 뿐이었다. 하지만 경제력 없는 열일곱 미성년자에게는 1만 5,000원도 제법 큰돈이었다. 비용을 걱정하는 채이에게, 저녁을 먹는 대신이라며 해나가 짓궂게 웃었다.

레스 화폐 충전과 회원 코드 발급까지는 채 1분이 걸리지 않았다. 그렇게 들어간 로열 로드는 여타 메타버스 플랫폼에 비해 그리 특별한 것 없었다. 물론 건물들이 어딘가 남달라 보이긴 했다. 자세히 살피니 길 양옆에 늘어선 상점은 모두 고가의 명품 숍뿐이었다.

"야, 이거 뭐야? 그냥 이미지야?"

채이가 주변을 두리번거리며 물었다. 아진이 고개를 내저었다.

"아니야. 이거 진짜 명품 브랜드가 입점한 거야. 백화점처럼."

명품에는 전혀 관심 없던 채이었다. VR 세계에서는 아카데미 수업을 듣는 게 전부였다. 그런데 메타버스에도 명품 숍이 늘어선 거리가 존재하다니. 현실 세계처럼 로열 로드에도 명품 숍에 각종 상품이 전시되어 있었다. 보면 볼수록 신기하고 재미있었다. 아무리 가상 세계라도 명품은 명품이란 뜻인가? 오호라, 그래서 로열 로드라고 했구나. 이곳에 들어오기 위해 왜 회원 코드가 필요한지 알 것 같았다.

"야, 우리 들어가 보자."

해나가 놀이동산에 도착한 아이처럼 신나게 앞장섰다. 두 사람이 웃으며 뒤를 따랐다. 매장은 현실의 세계를 고스란히 옮겨 놓은 것 같았다. 물론 현실의 숍이 어떤지는 알 수 없었다. 그렇기에 채이는 눈앞의 모든 것이 신기하고 특별하게 느껴졌다.

"어서 오세요, 고객님."

점원들이 세 사람을 향해 90도로 고개를 숙였다. 비록 프로그램된 가상의 아바타지만, 어쩐지 기분이 좋았다. 아바타들은 간신히 입꼬리만 올리지도, 은근한 경멸을 보내지도 않았다. 진짜 사람도 아니니 괜스레 눈치 볼 필요도 없었다. 하긴 현실이라면 감히 명품 매장에 발이라도 들일 수 있었을까.

"대박, 이거 지난번에 건이 입었던 그거다."

해나의 손끝이 며칠 전에 보았던 사진 속 티셔츠를 가리켰다. 가격표에는 3,500만 레스라 쓰여 있었다. 실제 돈으로 환산하면 3,500원이었다.

"되게 싸네."

"바보야. 이거야말로 이미지잖아. 파리 루브르 박물관에 있는 모나리자랑 드로잉 노트에 인쇄된 모나리자랑 같냐?"

아진의 말마따나 모든 것이 이미지였다. 현실에서 직접 입어 볼 수도, 소유할 수도 없었다. 하지만 메타버스 속 아바타라면 이야기는 조금 달라지지 않을까.

"나 이거 살래. 나 대신 아바타라도 명품 좀 휘감아 보자. 이 몸께서 오늘 친히 거금 3,500만 레스를 써 보시겠다, 이 말씀."

해나가 웃으며 고개를 돌렸다. 그곳에 채이의 아바타가 서 있었다. 무언가 보이지 않지만 단단하고 견고한 벽이 조금씩 허물어지는 기분이었다.

그날 해나는 채이와 아진에게 샤넬 티셔츠를 선물해 주었다. 비록 3,500원의 이미지 파일이지만, 그 티셔츠를 입은 아바타의 모습은 확실히 어딘가 달라 보였다.

그러나 VR 글라스를 벗기 무섭게, 눈앞의 모든 것이 사라져 버렸다. 화려한 거리와 모델 같은 아바타들과, 90도로 고개를 숙이는 명품 숍 직원들도 모두 다 지워졌다. 그저 신기루일 뿐이었다. 채이가 무빙 매트에서 내려오며 싱거운 웃음을 지었다. 어차피 포르타 나인은 VR 아카데미 수업을 위해 구매한 것이었다. 이제 메타 시네마 정도는 편하게 접속할 수 있었다. 그것으로 된 것이다. 방금 일은 생일을 기념한 작은 이벤트에 불과했다.

"로열 로드라고?"

그래 봤자 허공에 터치 한 번이면 없어지는 환상이었다. 채이가 새로 산 포르타 나인을 흘낏 곁눈질했다. 포르타 나인은 구형 모델과 비교 자체를 거부했다. 무게감이 전혀 느껴지지 않아 착용감이 좋았다. 장시간 쓰고 있어도 피로하지 않았다. 메타버스 접속도 빨랐으며 무엇보다 가상 세계가 전혀 이질감이 없이 다가왔다. 모든 것이 현실인 듯 또렷하고 선명했다.

"와, 강채이 성공했네. 친구들에게 구씨 가방도 턱턱 선물하고 말이야."

채이가 침대에 누워 키득키득 웃었다. 현실이라면 못해도 700, 800만 원은 줘야 할 고가품이었다. 그런데 메타버스 속 이미지는 몇 천 원이면 구매 가능했다. 채이는 문득 로열 로드에서 써 버린 돈을 떠올렸다. 가상 화폐인 레스를 충전하는 건 간단했다. 터치 한 번이면 끝났다. 이것저것 쇼핑할 때는 크게 자각하지 못했다. 그런데 벌써 3만 원 넘게 지출해 버렸다. 고작해야 현실에서는 아무짝에도 쓸모없는 이미지 옷 몇 벌을 산 것뿐인데. 엄마 아빠가 불고기 정식 2인분을 팔아도 남지 않은 돈을 써 버린 것이다. 그것도 간단한 터치 몇 번으로……

"아! 몰라. 생일이잖아."

아진은 메타 콘서트 티켓을 예매했다. 해나는 샤넬 옷을 선물해 줬다. 친구들과 맛있는 저녁을 사 먹으라며 엄마가 통장에 넣어 준 돈이었다. 그러니 한 번쯤 기분을 내도 상관 없지 않을까. 300만 원도 30만 원도 아니었다. 분위기 괜찮은 곳에서 밥 한 끼도 못 사 먹을 돈 때문에 아쉬워하다니. 생각할수록 은근한 짜증이 치솟았다.

"괜찮아. 이런 날도 있는 거지 뭐."

채이가 침대에서 몸을 일으켜 밖으로 나왔다. 뒤늦게 허기가 밀려들었다. 냄비에 물을 담아 레인지에 올렸다. 선반에서 라면을 꺼내려는데 허공에서 주춤 손이 멈췄다.

"아, 맞아. 오늘 수학 몇 단원 한다고 그랬지?"

서둘러 방으로 돌아가 VR 글라스를 착용했다. 아카데미에 접속하려는데, 귀여운 캐릭터가 나타나 '오늘의 스타일'이라 쓴 푯말을 좌우로 흔들었다. 그곳을 터치하자, 마법처럼 스르륵 옷장 문이 열렸다. 안에는 해나가 사 준 것과 채이가 구매한 옷들이 걸려 있었다.

"나 이제 기본 아바타가 아니구나."

옷장에 걸린 옷들은 모두 명품 숍에서 구매한 것들뿐이었다. 가만히 보고 있자니 자꾸만 웃음이 나왔다. 주방에서는 냄비에 물이 끓고 있었다. 이제 라면을 넣어야 하는데 어쩐지 포르타 나인을 벗고 싶지 않았다. 채이는 조금만 더 이 곳에 머물고 싶었다.

그것은 아주 작은 변화였다. 방과 후 친구들과 사 먹는 아이스크림 같은 거였다. 휘핑크림을 잔뜩 올린 달콤 쌉싸래한 커피 한 잔일 뿐이었다. 약간의 기분 전환, 스트레스 해소를 위한 소비 정도라 생각했다. 시작은 언제나 그렇게 단순하고 가벼웠다.

"너는 싫으면 안 가도 돼."

채이가 말했다. 아진은 여전히 굳은 표정으로 서 있었다.

"진짜 이것들이 오늘 왜 이래. 그래, 뭐? 회원 코드도 있겠다. 머리 식히러 잠깐 접속하는 것도 괜찮잖아. 이따 RR에서 보자."

해나가 두 사람의 팔짱을 끼며 히죽 웃었다. 채이는 메타버스 속 로열 로드를 떠올렸다. 아치형의 입구는 파리의 개선문을 연상케 했다. 웅장하고 도도하며 또 우아했다. 고작 5,000원이면 누구나 갈 수 있는 곳이지만, 로열 로드 앞에 설 때마다 특별한 기분이 드는 건 사실이었다. 양옆으로 세계적인 브랜드의 명품 매장이 늘어서 있었다. 그 사이를 걸으면, 복잡한 머릿속마저 깨끗하게 지워졌다. 로열 로드에는 답답한 방도, 낡고 오래된 가구도, 아빠의 상처투성이 손도, 엄마의 힘없는 미소도, 언니의 초조한 눈빛도 없었다. 몇 천 원에서 몇 만 원만 투자하면, 샤닐의 옷과, 프리다 신발을, 아르메스 가방과 구씨의 모자를 가질 수 있었다. 시간이 지날수록 채이의 아바타는 화려하게 변해 갔다. 메타버스 속 옷장은 점점 더 크기를 키워 나갔다.

유료 옵션까지 구매하며 아바타를 꾸미는 해나가 이해되지 않았었다. 그래 봤자 가상의 아바타였다. 주먹만 한 얼굴에 커다란 눈. 오똑한 콧날에 도톰한 입술. 완벽한 팔등신 비율에 가늘고 긴 팔다리. 이렇듯 비현실적인 모습을 꾸며 봤자 현실의 내가 바뀔 리 없을 테니까. 유치한 인형 놀이에 불과하다고 생각했다. 그런데 다양한 옵션을 직접 경험해 보니 채이는 비로소 알 것 같았다. 사람들이 왜 돈을 들여서라도 자신의 아바타를 꾸미려 하는지. 가상 세계 속 프리미엄 회원이 되려 하는지. 이 세계에는 단순한 기분 전환 그 이상의 것이 분명 존재했다.

채이와 해나, 아진은 아바타의 모습으로 로열 로드에 접속했다.

"뭐야? 너 우리 몰래 그새 쇼핑했어?"

해나가 채이의 변화된 아바타를 훑어 내렸다.

"그냥 심심해서. 네 말대로 이왕 회원 코드 선물 받는데 썩히는 것도 아깝고."

"5,000원 아까워서 5만 원을 쓰겠다?"

아진의 한 마디가 묘하게 신경을 건드렸다. 채이가 한마디 내뱉었다.

"왜? 나는 쇼핑에 그깟 5만 원 좀 쓰면 안 돼?"

로열 로드에서 만나

"아니, 쓸데없이 돈 쓰는 사람들 절대 이해 안 된다고 했잖아."

내가 그런 말을 했었나? 생각해 보았지만 잘 기억나지 않았다. 아마 지나가는 말로 몇 마디 던졌을지도 모른다. 적어도 그때는 이 세계가 어떤 곳인지 잘 몰랐으니까.

"그런데 이아진, 너는 명품 되게 잘 안다. 원래 관심 많았어?"

해나가 또다시 두 아바타 사이를 파고들었다. 괜한 언쟁을 막으려는 의도적 몸짓이었다. 채이는 부러 모른 척했다.

"내가 아니라 엄마. 지금은 아니고 예전에. 어릴 적 몇 번 매장에 따라간 적 있었어."

"매장이라면, 진짜? 진짜 명품 매장?"

해나가 흥분해 소리쳤다. 아진이 어깨를 으쓱해 보였다.

"우리 아빠 잘 나갔을 때. 옛날에는 나도 몇 개 가지고 있었는데 지금은 가방이며 옷이며 흔적도 없다."

"왜?"

"왜긴, 엄마가 몽땅 다 팔아 버렸으니까. 덕분에 급할 때 좀 유용하게 썼지."

아진은 이미지가 아닌 진짜 명품을 가져 봤던 아이였다.

"야, 너희 아빠 사업에 투자자 나왔다며? 우리 엄마가 그러더라. 사업은 망할 땐 쫄딱 망해도, 또 일어날 땐 불같이 일어난대."

해나는 마치 자기 일인 듯 흥분했다. 채이가 흘낏 아진의 아바타를 곁눈질했다. 아진의 옷장에도 분명 해나와 채이가 사 준 명품 티셔츠가 있을 것이다. 그런데도 아바타는 기본 모습에서 조금도 바뀌지 않았다. 너는 진짜 명품을 가져 봤다 이거지? 이런 거짓 이미지 따위 우습다, 이 말 아니야?

'올겨울에 가게 앞에서 씨앗 호떡을 팔아 볼까 해.'

갑자기 아빠의 모습이 아른거렸다.

"나 오늘은 저기 들어가 볼래."

채이가 성큼성큼 명품 매장으로 걸음을 옮겼다. 문이 열리기 무섭게 아바타 직원들이 정중히 고개를 숙였다.

"어서 오세요, 고객님."

채이의 한쪽 입꼬리가 빙긋이 올라갔다. 매장 중앙에 전시된 원피스가 익숙했다. 며칠 전 유명 여배우가 영화 시사회 때 입은 디자인이었다. 구씨 펄 블랙 원피스. 이제 제법 명품을 보는 눈이 생긴 것 같아 흡족한 기분마저 들었다. 채이가 원피스를 향해 성큼 걸음을 옮겼다.

"이거 예쁘지?"

해나가 대답 대신 가격표를 보았다.

"3억 8,000만 레스? 그럼 3만 8,000천 원이잖아. 야, 이건 아니지. 진짜 옷도 아닌데."

"완전 날로 먹네."

아진이 팔짱을 끼고는 도리질 쳤다.

"구씨잖아. 이거 최신상이야."

"야, 아무리 그래도 이건 그냥 이미진데."

해나의 입에서 허, 소리가 터져 나왔다. 채이가 피식 코웃음 쳤다.

"진짜 구씨 원피스가 몇 백만 원하고 아르메스 백이 몇 천만 원 하는 건 괜찮고?"

몇 백만 원짜리 티셔츠, 몇 천만 원짜리 핸드백, 그들만의 세상에서는 지극히 정상적인 가격이었다. 채이는 근처에도 가 볼 수 없는 그 견고한 벽 너머에서는 비일비재한 일이었다. 그런 의미에서 브랜드의 이미지를 사는 건 그 세계나 여기나 마찬가지가 아닐까? 채이가 원하는 건 바로 그것이었다. 단순히 옷과 가방과 액세서리가 아니었다. 그들만의 세계에서는 넘쳐 나는 여유와 풍족함, 그리고 특별함을 갖고 싶었다.

"나, 이거 살래."

"야, 강채이. 너 미쳤어? 3,800원 아니야. 3만 8,000원이야. 그 돈이면 차라리 아웃렛에서 진짜 옷을 사겠다. 아진이너도 뭐라고 해 봐."

채이는 거울에 비친 아바타를 바라보았다. 아웃렛에서 싸구려 티셔츠를 사 봤자, 절대 이 모습은 될 수 없었다. 화려하고 도도하며 고급스러운 이미지. 각종 명품 옷으로 세련되게 꾸민 아바타가 거울을 향해 빙긋이 웃었다. 로열 로드에 들어오려면, 적어도 이 정도 모습은 해야 하지 않을까? 이곳에 있으면 자신을 향한 높고 견고한 세상의 벽이 허물어진 기분이었다.

"돈 있어?"

아진이 물었다.

"그럼 없는데 산다고 하겠니?"

채이는 남은 돈 전액을 레스로 충전했다. 지금껏 로열 로드에서 쓴 돈이 만만치 않았다. 지난 설에 받은 용돈마저 서서히 바닥을 드러내고 있었다.

'원래 1,000원, 2,000원이 더 무서운 법이라잖아.'

왜 자꾸 아빠가 생각나는지, 채이는 왈칵 짜증이 솟구쳤다. 그럴수록 채이의 시선은 메타버스 속 명품 매장을 빠르게 훑었다.

"야, 저 모자 어때?"

아직 레스는 남아 있었다. 구씨 모자 정도는 충분히 살 수 있었다. 현실이라면 상상할 수 없는 것들이 로열 로드에서는 모두 다 이뤄졌다. 아무도 묻지 않았다. 채이가 누구이며 몇 살인지, 미성년자인지조차 상관하지 않았다. 궁금해할 이유도, 필요도 없으니까. 레스만 있으면 원하는 건 뭐든지 할 수 있었다. 채이가 뭔가에 홀린 듯 모자를 향해 걸음을 옮겼다. 더 정확히는 명품 모자의 이미지 파일을 향해 아바타가 움직였다.

'그래서 어떻게 됐냐고? 신들의 노여움을 산 나르키소스는 결국 연못에 비친 자신과 사랑에 빠졌지. 무서운 저주에 걸린 거야. 그렇게 몇 날 며칠 잠도 안 자고 밥도 안 먹고 연

못에 비친 얼굴만 보다, 결국 그 속에 빠져 죽었어.'

'완전 바보다. 어떻게 연못 속에 비친 자기 모습과 사랑에 빠질 수가 있어? 안 그래, 언니? 그게 자기 자신이란 걸 몰랐던 거야?'

'응. 다른 사람이라 생각했겠지. 너무 아름답고 완벽한. 야, 그러니까 신화라고 했잖아.'

희미한 노랫소리가 들려왔다. 책상에 엎드려 있던 채이가 천천히 상체를 일으켰다. 시험 공부를 하다 깜빡 잠이 든 모양이었다. 시간은 자정을 넘어가고 있었다. 핸드폰에 익숙한 이름이 반짝거렸다. 채이가 손가락으로 화면을 눌렀다.

"잤어?"

언니의 목소리가 낮게 가라앉았다.

"아니야. 곧 시험이라서."

"공부는 잘되고?"

"언니랑 같아."

"음! 내가 대답을 잘해야겠네?"

핸드폰 너머에서 스산한 웃음소리가 들렸다. 언니는 학원 근처에서 혼자 자취를 했다. 그래 봤자 침대와 책상이 전부인 비좁은 공간이었다. 바닥에 그 흔한 무빙 매트조차 설치할 수 없었다. 언니가 VR 글라스로 할 수 있는 건, 앉아서 수업을 듣는 게 전부였다. 낮에는 일반 학원에서, 밤에는 VR 아카데미에서 공부, 또 공부에 매진했다. 체력 시험 또한 만만치 않아서 운동도 게을리할 수 없었다. 공부할 시간도 빠듯한데 체력 관리까지, 언니의 하루를 생각하면 채이는 턱, 하고 숨이 막혔다.

"엄마 아빠는 괜찮아? 가게는 어때?"

아빠의 씨앗 호떡 얘기는 당분간 비밀에 부치기로 했다. 물론 언니가 알게 되기까지 시간문제겠지만, 미리 알아 좋을 게 없다는 게 부모님의 생각이었다.

"늘 그렇지 뭐. 그런데 이 시간에 왜?"

"그냥. 잠 좀 깨려고. 너 시험 끝나는 날 잠깐 들를게. 생일날 선물도 못 해 줬는데."

언니도 힘들 것이다. 불안하고 초조하겠지. 절대 떨어지면 안 된다는 부담감이 어깨를 짓누를 것이다. 엄마와 아빠 언니까지 하루하루 최선을 다하는데, 정작 서로에게 부담을 줄까 전전긍긍하고 있었다. 열심히 사는 게 미안한 현실이라니, 뭔가 잘못되어도 크게 잘못되었다는 생각뿐이었다.

"언니, 사실 나 시험공부 하다, 잠깐 졸았거든. 언니 꿈꿨는데 진짜 언니한테서 전화 오니까 되게 신기하다."

"꿈에서도 공부하라고 잔소리하든?"

채이가 가볍게 웃고는 말을 이었다.

"아니, 옛날이야기. 나 어릴 적에 언니가 책 읽은 거 얘기해 주고 그랬잖아."

"무슨 얘긴데?"

"모르겠어. 기억 안 나."

손에 잡힐 듯 선명한 꿈이었다. 그런데 깨기 무섭게 휘발

되어 버렸다.

"어쨌든 잠 깨워 줬으니까 다시 공부해."

"언니."

"왜."

채이가 아니라며 말을 삼켰다.

"싱겁기는."

그렇게 언니와의 통화가 끝났다. 붉게 충혈된 눈이 까만 화면을 내려다보았다.

"언니. 아빠 올겨울에 가게 앞에서 호떡 판대. 150만 원 정도 필요한가 봐."

채이가 두 손으로 얼굴을 쓸어내렸다. 머릿속이 멍했다. 목과 어깨도 뻐근했다. 더는 책이 눈에 들어올 것 같지 않았다. 채이가 책상 위에 놓인 포르타 나인을 집어 들었다. 그러고는 일어나 무빙 매트 위에 올라섰다. 영원히 해가 지지 않는 세상은 언제나처럼 눈부시게 반짝거렸다. 오늘의 스타일을 터치하자, 마법 세계로 가는 입구처럼 스르륵 옷장 문이 열렸다.

2학기 중간고사가 모두 끝났다. 담임이 종례를 마치기 무섭게 아이들이 교실을 벗어났다. 채이도 느긋한 걸음으로 운동장을 가로질렀다. 나란히 걷던 해나가 무겁게 어깻숨을 내쉬었다.

"이상하게 시험 때만 되면 커피가 너무 생각나. 공부는 안

하고 커피만 열심히 마셨더니 속 쓰려 죽겠다. 시험 기간에는 그거라도 마셔 줘야 안심이 돼. 습관이라는 게 무섭긴 무섭다."

"습관이라기보다는 불안 때문에 그럴 거야. 시험 스트레스 아니야?"

"아진이 너는 이번 시험 잘 봤나 봐? 표정이 좋다. 우리 강채이는 어때?"

채이가 머뭇머뭇 웃으며 고개를 저었다.

"거짓말."

해나의 말처럼 습관은 무서웠다. VR 아카데미에 접속해도, 머릿속은 전혀 다른 세상 속을 맴돌고 있었다. 그 사이 신상품이 나왔을까? 다른 제품이 전시됐을까? 잠깐만 보고 오자는 마음은 매번 한두 시간을 훌쩍 넘겼다. 이런 상황에서 어떻게 시험 공부에 집중할 수 있었을까? 그러나 문제는 거기서 끝나지 않았다.

"참, 너희 그거 알아? 마이 온 아바타."

해나가 짝 손뼉을 치며 말했다.

"메이크업 옵션 선택하는 거?"

아진이 심드렁히 되물었다.

"아니, 그건 말 그대로 메이크업 할 수 있는 옵션이고. 아예 아바타 얼굴을 바꿔 주는 거야. 한 마디로 아바타 성형수술. 대부분 아바타가 거의 다 비슷하잖아. 헤어 메이크업이랑 옷으로 차별화하는 거지, 본바탕은 같으니까 세상에 없는 나만의 아바타를 만드는 거래."

그래서 개발된 서비스가 '마이 온 아바타'였다. 원하는 이미지와 캐릭터를 주문하면, 의뢰자의 요구에 맞게 아바타의 얼굴을 다시 만들어 주었다. 초상권 문제 때문에 연예인이나 특정인처럼은 할 수 없지만, 의뢰자와 비슷한 이미지 정도는 얼마든지 가능했다.

"야, 그건 좀 위험하지 않아? 실제 얼굴이랑 비슷하게 만든 아바타?"

아진이 싫다는 듯 미간을 일그러뜨렸다.

"누구나 알아볼 수 있게는 안 하겠지. 어쨌든 다 똑같은 얼굴이니까 좀 심심하긴 해. 변화를 주고 싶은 사람은 마이 온 아바타 서비스 신청하겠지. 아바타도 성형하는 시대라니."

"와 진짜 돈 버는 법도 가지가지다. 그건 또 얼마야?"

아진이 황당한 얼굴로 두 손을 들었다. 해나가 한 걸음을 크게 움직여 몸을 돌려세웠다. 두 사람의 발걸음이 그 자리에 우뚝 멈춰 섰다.

"완전 사람 성형 수술 하는 거랑 똑같아."

메타버스에 접속할 때 몇 번인가 본 기억이 있다. 단순히 성형외과 광고인 줄 알았는데, 모습을 바꾸는 게 사람이 아닌 아바타였구나. 채이의 시선이 살짝 허공에 머물렀다.

아빠는 요 며칠 호떡 반죽 연구에 몰입하고 있다. 덕분에 주방에서는 짭조름한 양념 대신 기름에 끓는 달콤한 설탕 냄새가 풍겨 왔다.

2학기 중간고사가 모두 끝난 탓에 하교 시간이 앞당겨졌다. 아빠가 만든 씨앗 호떡은 생각보다 훌륭했다. 오랜 시간 요리를 해 온 경력은 역시 무시할 수 없었다.

"시험도 끝났는데 집에 일찍 들어가지, 가게는 왜 왔어?"

엄마가 물었다.

"아빠 호떡 시식하러."

채이가 장난스럽게 대답했다. 사실 가게에 온 목적은 따로 있었다. 그런데 입이 떨어지지 않았다. 중간고사가 모두 끝난 금요일 아진과 해나는 메타 시네마에서 영화나 보자 했다. 5시쯤 접속하자는 약속을 한 채 각자의 집으로 흩어 졌다. 솔직히 영화 따위 어찌 되든 상관없었다. 채이의 관심 사는 전혀 다른 곳에 있으니까.

"왜, 할 말 있어?"

자꾸만 눈치를 보는 채이에게 엄마가 말했다.

단순히 메이크업 옵션을 선택하는 게 아니었다. 세상에 단 하나밖에 없는 아바타를 만들 수 있었다. 눈과 코 입술과 얼굴형에 피부색까지 하나하나 원하는 대로 새롭게 꾸밀 수 있었다. 다만 늘 그랬듯 돈이 필요했다. 부위마다 디자인 비용이 천차만별이었다. 해나가 진짜 성형 수술과 똑같다 한 것은 이런 의미였다. 모자와 티셔츠와 신발과 가방을 따로 따로 구매해야 하듯, 얼굴 디자인도 전체가 아닌 부분 부분다 손을 대야 했다. 그에 따른 비용이 생각보다 컸다.

"엄마, 있잖아……."

그 순간 드르륵 가게 문이 열리며 손님들이 들어섰다.

"어서 오세요."

엄마의 얼굴에 곧바로 환한 미소가 번졌다. 마치 가면을 쓴 것처럼…….

"사장님, 저희가 바빠서 그러는데 식사 빨리 될까요?"

여자가 핸드폰으로 시간을 확인하며 물었다.

"그럼요. 불고기 정식 3인분 해 드릴까요? 금방 됩니다."

"예. 3인분 주세요."

주문이 끝나기 무섭게 엄마가 주방으로 돌아섰다. 채이가 쟁반에 컵과 물통을 담아 서빙을 시작했다.

"몇 시 기차라고 했지?"

"먹고 바로 출발하면 돼. 그러게 좀 일찍 준비하라니까."

"내가 요즘 바빠서 정신이 하나도 없다."

채이가 밑반찬을 준비하는 사이 엄마는 센 불에 고기를 볶았다. 모든 것이 빠르게 진행되었다. 음식이 나오자마자 손님들이 젓가락을 집어 들었다. 기차 시간이 빠듯한 모양이었다.

"그만 먹고 일어나자. 금요일이라 도로 막혀. 기차역까지 늦으면 안 되잖아."

식당에 들어온 지 채 20분이 지나지 않았다. 세 사람이 서둘러 자리를 털어 냈다. 엄마가 카운터에서 계산을 하는 동안 채이가 재빨리 테이블을 정리했다.

"잘 먹었습니다."

드르륵 소리와 함께 문이 열렸다. 세 사람이 사라지기 무섭게 가게 앞에 주차되어 있던 차가 출발했다.

"여보, 잠깐 이리 와 봐요."

주방에서 아빠의 목소리가 울려 퍼졌다. 엄마가 종종걸음을 쳤다. 테이블 위에는 잘게 찢은 영수증과 화장지가 수북했다. 그릇들을 치우던 채이의 재바른 손이, 돌연 한 자리에 멈췄다.

"아니지, 너무 달잖아. 요즘은 너무 달아도 싫어한다니까."

채이는 흘낏 주방을 곁눈질하고는 부지런히 테이블을 치웠다. 손끝이 파리하게 떨리며 심장 뛰는 소리가 점점 더 크게 들려왔다.

"채이야, 너는 그만 들어가."

등 뒤에서 엄마가 소리쳤다. 채이가 깜짝 놀라 손에 쥔 물컵을 떨어뜨렸다. 날카로운 파열음이 길게 울려 퍼졌다.

어디까지가 꿈이고 어디까지가 현실인지 알 수 없었다. 어디서부터 잘못되었고 어디서부터 바로 잡아야 할지도 모르겠다. 단순한 기분 전환이라 믿었다. 스트레스를 날려 줄 유희라 생각했다. 산책하듯, 영화 보듯, 맛있는 음식을 먹고 좋아하는 음악을 듣듯 가볍게.

그런데 정신을 차려 보니 너무 멀리까지 와 버렸다. 파도에 떠밀려 육지가 안 보일 때처럼, 무섭고 두려웠다. 어쩌다 이 지경까지 됐을까. 채이는 스스로가 한심해 견딜 수 없었다. 불 꺼진 방에서 우두커니 앉아 있는데 핸드폰이 몸을 떨었다.

> **아진**
> 잠깐 나올래? 아니면 내가 너희 집 갈까?

아진에게서 톡이 날아왔다.

> **아진**
> 답답하잖아. 바람 씌게 공원으로 와.

채이가 멍한 얼굴로 화면을 내려다보았다. 답답했다. 화가 나고 금방이라도 머리가 터질 것 같았다. 그러나 늘 그렇듯 할 수 있는 일은 아무것도 없었다. 고개를 들자 책상 위에 놓인 VR 글라스가 보였다. 어두운 방에서 저 혼자 환하게 빛나고 있는 그것. 채이가 자리에서 일어나 벌컥 방문을 열어젖혔다.

공원이라 했지만, 운동 기구 몇 개가 놓인 작은 공터에 불과했다. 두 사람이 나란히 벤치에 앉았다. 채이의 손에는 아진이 건넨 음료수가 들려 있었다. 아진은 아무 말도 하지 않았다. 왜 영화 보기로 한 약속을 파기했는지, 메타버스에 접속하지 않았는지 묻지 않았다. 나무 우듬지에 머물던 바람이 옷깃을 파고들었다. 코끝으로 싸늘한 겨울 냄새가 느껴졌다.

"너도 내가 한심해 보이지?"

먼저 입을 연 건 채이였다. 그것이 질문인지 자조 섞인 고백인지는 알 수 없었다. 아진은 여전히 침묵했다. 한참을 손에 쥔 음료수만 만지작거렸다.

"아빠 사업 망하고 집이며 차며 모두 경매에 넘어갔어. 결국 엄마 가지고 있던 보석이랑 가방 옷, 내 돌 반지까지 싹 다 팔았지."

풍족하고 남 부러운 것 없던 삶은 하루아침에 무너져 내렸다. 고급 아파트도, 비싼 자동차도, 고가의 가구와 옷들까지. 원하는 건 뭐든지 살 수 있던 용돈마저 사라져 버렸다.

"아빠는 여전히 그 시절로 돌아가고 싶어 해. 어떻게든 모두 다 되찾겠다고 하거든. 그런데 나는 진짜로 지금의 삶도 나쁘지 않아. 오히려 그 시절이 다 꿈이었단 생각이 들어."

공터에 서서히 어둠이 내려앉았다. 멀리 도시의 네온사인이 하나둘 눈을 떴다. 아진이 팔꿈치로 툭 채이를 건드렸다.

"야, 국어 쌤이 저번에 말했잖아. 장자의 호접지몽, 내가 나비가 된 것인지, 나비가 내가 된 것인지."

"국어 아니야. 윤리 쌤이 그랬어."

어쨌든,이라고 소리치며 아진이 입술을 비죽였다.

"원래 현실도 그래. 로그아웃되듯 단숨에 사라지고, 금방 없어지잖아. 현실도 이렇게 불안정한데 그쪽 세계는 말해 뭐 하겠냐?"

아니, 오히려 그 반대였다. 불안하고 위태로운 현실과 달리, 그 세계는 견고하고 완벽했다. 아진의 집처럼 모든 것이 한꺼번에 무너지지도 않았다. 한번 만들어 놓은 것은 영원히 존재했다. 그렇기에 점점 더 그 세상에 빠져든 것이다. 조금 더 특별하고 섬세하게 자신만의 세계를 완성하고 싶었다. 이곳에서는 할 수 없는 모든 것들을…….

"너 알고 있구나?"

톡이 왔을 때 눈치챌 수 있었다. 아진이 모든 것을 알고 있단 사실을…….

"저녁 포장하러 갔다가. 절대 일부러는 아니야. 어쩌다 보니 들었어."

아진이 머뭇머뭇 말을 이었다. 채이의 입에서 쓴웃음이 흘러나왔다.

아바타를 바꾸고 싶었다. 세상에 하나밖에 없는 나만의 아바타를 만들고 싶었다. 그렇게만 된다면 그 세계에 조금 더 가까워지리라 믿었다. 문제는 레스였다. 돈이 필요했다. 하지만 피곤함에 지친 엄마도, 주방에만 묶여 있는 아빠도, 언니에게조차 말할 수 없었다. 로열 로드에 가기 위해서라면, 나만의 아바타가 필요하다면, 과연 누가 이해해 주고 고개를 끄덕여 줄까? 또래의 친구들조차 도리질 치며 그만하라지 않는가. 그런데 거짓말처럼 눈앞에 지갑이 나타났다. 손님이 깜빡 잊고 두고 간 것이었다.

채이가 원하는 건, 초라하고 불안하며 답답한 현실이 아니었다. 진정한 '로열'이 되고 싶었다. 완벽한 세계로 도망가면 아무도 찾을 수 없겠지? 정신을 차렸을 땐 지갑은 이미 주머니 속에 들어 있었다.

"정말 바보 아니냐? 아무도 모를 줄 알았어. 메타버스에서 아무도 나를 모르는 것처럼."

현실은 똑같은 아바타들이 활보하는 세계가 아니었다. 고작 몇 천 원으로 고가품을 살 수 있는 곳이 아니었다. 손님이 다시 식당을 찾은 건 채 한 시간도 지나지 않아서였다.

'채이야, 너 혹시 테이블 치우다 손님 지갑 봤니?'

엄마의 다급한 전화에는 아니라며 도리질 쳤다. 심장이 금방이라도 튀어나올 듯 가슴이 두근거렸다. 그러나 세상은 절대 호락호락하지 않았다. 아진의 말처럼 로그아웃으로 끝날 일이 아니었다. 가게 앞에 주차된 차량 블랙박스에 채이가 지갑을 숨기는 장면이 고스란히 찍혀 있었다. 손님들이 가게를 다시 찾은 시각에, 하필 아진도 식당 문을 열었다.

'이렇게 증거가 있는데. 아무리 생각해도 여기밖에 없었다니까요. 내가 지갑에 있는 영수증을 꺼내서……'

엄마와 아빠는 손님에게 죄송하다며 연신 고개를 조아렸다. 가상 세계가 화려하고 다채로워질수록 현실은 점점 더 어두운 시궁창 속으로 빠져들었다.

"그냥 현실을 잊고 싶었나 봐."

채이가 유리병을 꽉 움켜잡았다.

"그게 그 세계의 목적이니까. 깊게 생각할 필요가 없잖아."

아진의 입에서 헛웃음이 흘러나왔다. 로열 로드에서는 3,500원이 3,500만 레스였다. 프랜차이즈 카페의 커피 한 잔 값도 되지 않는 금액. 그것이 오히려 함정이었다. 이곳에서 몇 천만 원을 써 봤자 실제 돈은 얼마 되지 않는다는 생각. 부자가 된 듯 몇 백 몇 천, 심지어는 몇 억 단위를 아무렇지 않게 쓰는 재미. 그 착각이 모여 애써 모든 돈을 탕진하고, 결국에는 말도 안 되는 짓까지 저질러 버렸다.

"나 너무 바보 같아."

"쌤들이 그러잖아. 놀 땐 놀고 공부할 땐 공부하라고. 누가 그걸 몰라서 못 하나? 그 균형을 맞추는 게 어려우니까 그렇지. 현실과 가상 세계 그 사이에서 아슬아슬한 줄타기를 하는 기분이야."

채이는 문득 며칠 전 꿈이 떠올랐다. 언니가 해 주었던 이야기 속 주인공이 누군지 이제야 알 것 같았다.

"나는 추락했어."

충분히 균형을 잡을 수 있으리라 믿었다. 영리하고 지혜롭게 필요한 것만 선택할 수 있다고 자신했다. 학원을 가는 대신 저렴한 VR 아카데미를 신청했고, 좋아하는 아이돌의 콘서트와 영화도 편리하게 볼 수 있었다. 그런데 생각보다 곳곳에 함정이 많았다. 문제는 그곳이 함정이라는 것조차 알지 못했다는 것이다. 연못에 비친 자신과 사랑에 빠진 나르키소스처럼.

"괜찮아. 다시 올라오면 돼. 어쩌면 이런 경험도 현실로 잘 받아들이면 되잖아."

아진이 부드럽게 채이의 머리를 어루만졌다.

"얼마든지 바꿀 수 있어. 야 게임만 리셋 할 수 있는지 알아? 사는 것도 다시 리셋 할 수 있어. 뭐 이건 우리 아빠가 한 말이지만."

가로등에 하나둘 불이 들어왔다. 채이는 여전히 아무것도 정리되지 않았다. 가족들의 얼굴을 보는 것도 창피하고 두려웠다. 혹시 또 모를 일이다. 메케한 연기처럼 소문이 좁은 골목 사이로 퍼져 나갔을지도……. 무조건 숨을 수도 없었다. 현실은 터치 한 번으로 간단히 끝낼 수 없으니까.

"어? 잠깐, 해나한테 전화 왔다."

아진이 화면을 터치하고는 왜? 라고 물었다.

"진짜? 어쩌냐? 야, 그나저나 네 동생 확실히 축구에 재능은 있다. 야, 미안. 놀리는 게 아니라니까. 어쨌든 나 지금 채이랑 있어. 너도 나와. 시험도 끝났는데 맛있는 거 먹자. 야, 짜증 낸다고 부서진 게 갑자기 뿅 하고 원상 복귀되겠냐? 여기 공원이야. 아니다, 아예 거기서 보자. 우리가 그쪽으로 갈게."

무슨 일이야? 눈으로 묻는 채이에게 아진이 히죽 웃었다.

"해나 VR 글라스 박살 났대. 동생이랑 서로 하겠다 싸웠는데, 동생이 화나서 걸어차 버렸나 봐. 얼마나 세게 찼으면 그 단단한 게 부서지냐? 야, 그 녀석 진짜 축구 꿈나무다. 지금 해나 머리끝까지 열 받아서 씩씩거린다."

벽에 부딪쳐 산산이 부서진 VR 글라스라니. 깨져야 할 것은 따로 있지 않을까? 채이는 문득 그런 생각이 들었다.

"우리도 가자."

아진이 자리에서 일어나 채이에게 손을 내밀었다.

"야, 우선 먹어. 먹는 게 남는 거고."

아진이 손가락으로 콕콕 바닥을 찔렀다.

"먹는 건 여기, 이 현실에서밖에 못해."

"아진아. 나 아직……."

채이의 시선이 발끝으로 떨어졌다. 엄마와 아빠 그리고 언니에게도 용서를 빌지 못했다. 부모님은 더는 아무것도 묻지 않았다. 오히려 그런 선택을 할 수밖에 없던 딸을 안쓰럽게 생각했다. 그 배려 깊은 마음이 채이를 몇 배 더 힘들게 만들었다.

"잘못했단 말도 못 했어."

"하면 되지. 지금이라도 하면 돼."

채이가 천천히 고개를 들었다.

"야 솔직히 말해서. 그 잘난 로열 로드에는 네가 없어도 되지만."

눈앞에 빙긋이 웃는 아진이 있었다.

"현실에서는 강채이, 네가 없으면 안 되잖아."

유일하게 위로를 주는 곳은 가상 세계뿐이라 믿었다. 하지만 그 생각은 어쩌면 틀렸는지도 몰랐다.

"일어나. 우리가 없으면 안 되는 또 한 명의 사람이 목 빠지게 기다리고 있으니까."

아진이 강한 힘으로 팔을 잡아끌었다. 채이가 힘없이 벤치에서 몸을 일으켰다. 두 사람이 공원을 가로지르는데 멀리서 삐거덕삐거덕 쇠 부딪치는 소리가 들려왔다. 누군가 운동을 하는 모양이었다. 어두운 밤에 들으니 어쩐지 괴괴했다. 하늘에는 둥근달이 떠올랐다. 가로등보다 여린 빛으로 희미하게 빛났다. 하늘을 보던 채이가 공원 입구에서 걸음을 멈춰 세웠다.

"왜?"

아진도 멈춰서 물었다.

"아니야."

채이가 고개를 내저으며 공원을 빠져나갔다. 이곳에 쓰레기를 버리지 마시오. 푯말이 등 뒤로 서서히 멀어져 갔다.

이루어질 수 없는

◆

심
너
울

1

20년을 살면서 한 번도 해외여행을 가 본 적이 없어요.
이런 말을 하면 다들 측은하게 보더군요. 사람들이 머릿속
으로 무슨 생각을 하는지 대충 알아요. 아, 최진호 쟤는 고
아라서 해외여행을 갈 기회도 없었구나…… 불쌍하다……
뭐, 그런 생각. 사실 저한테 그렇게 연민을 가질 필요는 없
어요.

저는 언제나 그냥 보육원에 있는 걸 좋아했어요. 중학교
때는 수학여행으로 제주도에 갔는데, 왜 굳이 익숙한 공간
을 떠나 낯선 공간에서 배회하는지 이해가 잘 안 되더군요.
고등학교 수학여행은 어디였더라? 기억이 안 나요. 애초에
가지도 않았거든요.

그런데 어느 날, 런던에 가 보고 싶어졌어요. 영국 수도
요. 왜 하필이면 런던인지 저도 잘 모르겠어요. 어쩌다 인터
넷에서 런던의 광경을 찍은 사진을 보았거든요. 웨스트민스
터 사원과 빅 벤이 보이는 사진이었죠. 그 사진을 보고 있으
니, 마치 그곳이 제 고향인 것 같은 강렬한 이끌림을 느꼈어
요. 사실 전 제 고향이 어딘지도 모르지만요. 아무튼.

저는 비둘기대학교 교양학부 신입생이에요. 학교에서 장학금에 생활비까지 대 줘서, 꽤 먹고 살 만하단 말이죠. 그런데 해외여행을 가자니 정말 돈이 많이 들더군요. 뭐, 어쩔 수 있나요. 아르바이트를 찾아봐야죠.

편하고 쉬우면서도 자기계발이 되고 월급도 많으면서 또 언제든지 그만둘 수 있으며 복리후생 역시 뛰어나고 직장 분위기도 친근하면서 진상 손님을 마주칠 일이 없는 아르바이트 자리가 있나 싶었는데요. 당연히 헛된 탐색을 꽤 오래 했죠.

그런데 어느 날 제가 사는 오피스텔에서 500미터 반경 내에 있는 하프웨이 샌드위치에 밥이나 먹으러 갔더니, 종이 딱지가 붙어 있더라고요. 거긴 이렇게 적혀 있었고.

아르바이트 구함

무경험자 환영, 4대 보험 보장, 시급 1만 원,
평일 10:00~20:00,
샌드위치를 마음껏 먹을 수 있어요.

누가 하프웨이 샌드위치를 싫다 하겠어요? 일단 점심이랑 저녁에 샌드위치를 양껏 먹을 수 있으리라고 생각하니 마음에 들었어요. 그날 점장에게 전화했고, 3분 동안 약식 면접을 본 뒤에 다음 날부터 출근하라는 통보를 받았어요. 생각보다 어렵지 않더군요.

아시다시피, 하프웨이 샌드위치는 미국에서 출발한 샌드위치 프랜차이즈인데, 고객이 샌드위치의 빵과 속 재료를 입맛대로 정할 수 있다는 점이 사람들의 취향에 딱 맞아 승승장구했어요. 풀이 많이 들어가다 보니까 햄버거보다 건강한 느낌도 들고요. 비둘기대학교는 지방의 한적한 곳에 있는데, 여기까지 그 지점이 들어올 정도니 할 말 다 한 거죠.

저는 고객의 주문대로 샌드위치를 조립하는 일을 했어요. 이게 생각보다 재미있는 일이더군요? 일단 하프웨이에 낯설고 좀 내향적인 사람들의 주문을 받는 것이 흥미로워요. 제가 "주문하시겠어요?" 하고 물으면, 운전면허를 따려고 핸들을 잡고 처음 도로에 나간 사람 만큼이나 벌벌 떨어요. 그러면서 말하는 거죠.

"음, 음…… 아메리칸 BLT 샌드위치로…… 채소를 많이 넣어 주세요……."

그러면, 잠자코 듣고 있던 제가 불시에 비수를 꽂아 넣는 암살자처럼 한 마디 해요.

"잠시만요, 고객님. 빵부터 선택해 주셔야 해요. 어떤 빵을 드시겠어요?"

그럼 그 사람은 운전면허 연습 중에 접촉 사고를 내고 만 듯한 표정이 되어 버리더군요. 좀 악취미인가요?

하여튼, 제가 예상했던 대로 샌드위치를 정말 양껏 먹을 수 있는 것도 좋았어요. 저는 하프웨이에서 샌드위치를 먹을 때 올리브랑 양파를 많이 넣어 달라고 하거든요. 이건 빵의 형태가 제대로 보이지 않을 정도로 올리브랑 양파를 많이 넣어 달라는 뜻인데도, 보통은 그냥 두세 점 더 넣고 말아요. 하지만 제가 먹을 때는? 올리브 나무를 샌드위치에 그냥 넣어 먹을 수 있어요. 최고죠.

생각지 못한 조합을 택하는 손님들의 레시피를 외워 뒀다가, 그 사람이 먹은 대로 따라 하는 것도 좋았어요. 먹을거리를 만드는 아르바이트야 수천, 수만 개가 있겠지요. 그런데 하프웨이는 고객이랑 대화도 해야 하고, 살짝 창의적인 면도 있고. 시간이 갈수록 샌드위치를 만드는 스킬이 늘어나는 것도 느껴지고요. 즐거웠어요.

일하다 보니 그곳의 사람들과도 정이 들었어요. 점장은 40대 남자였는데, 예의 바르고 공정한 사람이었어요. 항상 피곤해 보이긴 했지만. 문성혁이라는 다른 아르바이트생도 있었는데, 저랑 같은 비둘기대 동기였지요.

월급은 쓰지 않고 차곡차곡 모았어요. 이왕 처음 해외여행을 가는 거니 정말 사치스럽게 여행하고 싶었어요. 이 주일 동안, 황제처럼, 런던에서요. 그러는 동안 이 일은 제 중요한 일상이 되었어요. 시급도 좀 올랐고, 점장에게 영어 과외도 시작했어요. 나도 나중에 하프웨이 매니저를 해 볼까. 그런 생각을 했어요.

그러던 여름날의 목요일 오후 3시. 좀 한가한 시간이었어요. 저는 성혁이랑 잡담을 하고 있었죠. 그때 문이 열리고 어떤 여자가 들어왔어요. 위생 장갑을 다시 끼고, 습관이 된

한 마디를 꺼냈어요.

"주문 도와 드릴까요?"

"네, 채소 샌드위치로 해 주시고요."

채식주의자인가? 하는 잡스러운 생각을 아주 잠깐 했어요. 그 생각은 금방 지워졌죠. 그냥 그날따라 고기를 먹고 싶지 않은 사람도 있고, 채소 샌드위치가 제일 맛있는 사람도 있으니까. 아니면 그냥 다이어트 중일 수도 있고. 손님의 취향에 대해 너무 깊이 생각하는 것은 의미 없는 일이에요.

"네, 그럼 빵은……."

"꿀 귀리 빵으로 해 주세요. 15센티미터로요. 치즈는 빼 주시고요."

"데워 드릴까요?"

"아니요."

꿀 귀리 빵을 반쪽으로 자르고 사이에 속 재료가 들어가도록 큰 칼집을 냈어요. 이 손님은 빵 속에 넣는 게 뭐 거의 없구나. 저야 편하고 좋죠.

"채소 싫어하시는 거 있으세요?"

"채소 전부 다 빼 주세요."

"네?"

그를 잠시 멍하니 바라보다가 말했어요.

"어, 손님, 그럼 샌드위치에 아무것도 안 들어가는데……."

별말 없이 고개를 끄덕이더군요.

"그럼…… 그럼, 소스는 뭐 넣어 드릴까요?"

"필요 없어요."

아마, 처음 하프웨이를 찾는 고객들이 주문 순서를 헷갈려 할 때 짓는 표정을 제가 짓고 있었으리라 생각해요.

"어…… 세트로 해 드릴까요?"

"아니요, 그냥 주세요."

그 샌드위치…… 아니 그냥 자른 꿀 귀리 빵을 종이로 잘 포장한 다음에 쟁반 위에 올렸어요. 계산을 할 때가 오자 또 혼란스럽더군요.

"그게…… 비건 샌드위치로 이렇게 주문하시면 6,700원 이긴 한데……."

"네, 영수증 버려 주세요."

얼이 빠진 채로 그가 내민 카드를 받았어요. 결제를 끝내고, 영수증을 버리고, 다시 제자리로 돌아왔죠. 그 여자는 꿀 귀리 빵을 들고 테이블 하나에 자리를 잡더니, 그 빵을 한 입씩 깨물어 오물오물 먹기 시작했어요. 나는 우리 우주의 밝혀지지 않은 기이한 신비를 엿보는 기분으로, 실례란 것도 깨닫지 못한 채 그를 빤히 바라보았어요.

2

이번에 새로 이직한 회사는 강남에 있다. 강남에서도 테헤란로의 여덟 번째로 비싸 보이는 건물에, 열 개의 층이나 차지했다. 회사 리뷰 플랫폼을 보니, 이 회사의 대표가 허세가 강하다고 적혀 있었다. 물론 허세 없는 회사 대표는 아마

도 이 세상에 존재하지 않겠지만, 이 회사 대표는 그중에서
도 특히 심하다는 것이다. 그래서 반드시 강남의 비싼 건물
에 입주한 모양이다. 무리해서라도.

나는 이직을 준비하는 내내 이게 대단히 아이러니한 이
야기라고 생각했다. 우리 회사(아직 우리라는 단어를 붙이
기가 어색하다)는 현실 세상을 뛰어넘는, 초월한 세상, 메타
버스 세상을 운영하는 회사인데, 현실을 초월하는 새로운
세상을 만든다고 하면서, 정작 회사 자체는 강남의 상징과
권위를 포기하지 못한 것이다. 우습지 않나? 아니면 말고.

이 테헤란로에서 여덟 번째로 비싸 보이는 건물의 빌딩
엘리베이터는 사방이 투명한 유리였다. 나는 이런 엘리베이
터에 탈 때마다 궁금했다. 대체 왜 고소공포증이 있는 사람
들에게 고통을 주려고 하는지. 눈을 꾹 감아야 했다. 그렇게
빌딩의 21층에 도달하면 내 일터가 있었다.

일터는 한 층을 통째로 썼다. 그 안에 칸막이로 나뉜 수많
은 컴퓨터가 보였다. 모든 컴퓨터는 강원도에 있는 축구장
만 한 데이터 센터로 연결되었다. 수많은 사람이 모니터 앞
에 앉아 눈이 벌게진 채로 키보드를 두드리고 있었다.

내 상사는 이지영이라는 이름의 남자였다. 그는 10년 동
안 우리 회사의 메타버스 세계를 관리해 왔다고 했다.

"자부심을 가져야 해요. 우리는 한 세계의 관리자야. 신이
나 다름없다고 할 수 있지. 가상 세계의 시민들은 우리가 없
으면 아예 살지를 못한다니까."

첫날, 환영 회식에서, 이지영은 맥주를 딱 두 잔 걸치고 거하게 취해서는 나한테 이렇게 말했다. 나는 그 꼴이 조금 우습다고 생각했다. 이지영은 딸꾹질을 한 번 하고는 말을 이었다.

"그런데 윤, 윤…… 저, 이름이 뭐더라?"

"윤희랑이요."

"아, 미안해요."

이지영은 맥주를 다시 꼴깍꼴깍 마셨다.

"괜찮아요. 팀장님, 술을 아주 좋아하시나 봐요?"

이지영은 술을 좋아하는데 술이 아주 약한 종류의 사람인 것 같았다. 이렇게 설명하면 조금 귀여워 보이는데, 실상은 짜증 나는 타입. 그는 실핏줄이 선 눈으로 나를 바라보더니 말했다.

"이 일을 하려면 술을 잘해야 해. 잊고 싶은 게 많아진단 말이지."

"무얼 잊고 싶으신데요?"

이지영은 기억을 더듬는 듯 눈을 한 번 굴린 다음 말했다.

"아니야, 희랑 씨. 그보다, 우리 메타버스에 접속은 해 봤지요?"

"물론이죠."

거짓말이었다. 우리 회사의 메타버스는 뇌로 직접 접속하는 완전 몰입형 세계였다. 뇌로 직접 가상 세계에 연결되는 것을 난 별로 좋아하지 않았다. 일단 그 불완전한 감각 재현이 맘에 들지 않았다. 특히 가상 음식은 정말 끔찍했다.

"그래, 그래. 잘하고 있어요. 당분간은 세상을 돌아보는 데 집중해요. 생활을 거기서 하란 말이야. 그곳의 시민들이 어떻게 사는지 알아야, 관리도 잘할 수 있겠죠."

나는 매우 사회적인 웃음을 지으면서 고개를 끄덕였다. 어쩔 수 있나. 까라면 까야지.

3

꿀 귀리 빵을 먹는 문제의 여자는 매일 점심마다 찾아왔어요. 그는 항상 아무것도 들어가지 않은 꿀 귀리 빵 비건 샌드위치를 주문하고, 6,700원을 지불하고, 테이블 하나를 잡아 오물오물 빵을 먹은 다음에, 쟁반을 올바르게 정리하고 하프웨이를 떠났죠.

당연히 점장이랑 성혁도 그 사람을 신경 쓰기 시작했고요. 우리는 마감할 때마다 그 사람 이야기를 했어요. 어쩌면 관찰력 높은 손님 몇몇도 그의 수수께끼에 대해 궁금해했을 것 같아요. 대체 왜, 꿀 귀리 빵이 먹고 싶으면 근처에 있는 마드리드바게트나 찾아갈 것이지, 하프웨이에 와서 내장을 적출당한 빈 샌드위치를 먹는 것일까요?

"내가 보기에는 재벌 4세인 거지. 가끔 사람들이 복권에 당첨되면 뷔페에 가서 한 접시만 먹고 나올 거라든지, 놀이 공원 가서 자유 이용권 끊고 놀이기구 하나만 타고 올 거라고 말하잖아."

점장은 재벌 4세 가설을 내세웠죠. 하지만 저는 말도 안 되는 소리라고 생각했어요.

"점장님, 솔직히 재벌 4세가 뭐 하러 하프웨이에 맨날, 아니, 뭘 그런 눈으로 보세요. 우리 빵이 나쁘다는 건 아니죠, 당연히. 그래도 막 럭셔리한 부르주아 브랜드는 아니잖아요. 재벌 4세면 마음만 먹으면 고구려호텔 같은 곳 제빵사가 구운 빵을 먹을 수 있을 텐데."

"그건 그래. 그런데 왜 하필이면 또 꿀 귀리 빵일까?"

"제가 생각하기엔 꿀 귀리 빵이 우리 빵 중에 제일 나은 것 같습니다."

이 말을 한 애는 성혁이었어요. 애는 말투가 좀 군대식이었어요. 제가 정색하고는 답했죠.

"아니, 제일 잘 나가는 건 치즈 허브 빵이거든? 꿀 귀리 빵은 맛이 밋밋하잖아."

성혁도 지지 않았어요.

"진호는 맛알못입니다, 점장님. 치즈 허브 빵은 빵 맛이 너무 강렬해서 샌드위치 전체의 조화를 깨트리지 말입니다. 샌드위치에서는 빵이 주인공이 되면 안 됩니다. 그렇다고 그냥 흰 빵을 먹기엔 좀 아쉽습니다. 그래서 살짝 밋밋한 꿀 귀리 빵이 우리한테 어울리는 거지 말입니다."

"좀 상식적으로 생각해 보자. 단백질과 탄수화물이 고루 들어간 치즈 허브 빵이 맛있겠냐, 탄수화물 더하기 탄수화물인 꿀 귀리 빵이 맛있겠냐?"

"맛 이야기를 하고 있는데 영양을 논하는 건 전형적인 논점 이탈이라는 걸 점장님도 아실 거라 믿습니다."

성혁은 말만 군대식으로 하지, 까불기는 잘 까불었어요. 그러자 점장이 끼어들더군요.

"진호랑 성혁이가 아직 나이가 어려서 그렇지, 내 나이쯤 되면 그냥 통밀 빵이나 흰 빵이 제일 맛있는 법이야."

하여튼 뭐 이런 식이었어요. 제가 성혁의 꿀 귀리 빵에 대한 어이없는 의견에 대해 날카롭고 타당하게 지적하면, 점장이 또 괴상한 발언을 하고. 그럼 대화 주제는 엉뚱하게 '어떤 빵이 하프웨이에서 가장 맛이 좋은가?'로 넘어가는 거예요. 하아.

저는 그 사람 이야기를 하고 싶었는데 말이지요. 그 사람이 오물오물 빵을 먹는 모습이 어쩐지 귀엽지 않나. 아마 그 사람은 특이하고 귀여운 사람일 거야. 뭐 그런 이야기 말이에요.

그리고 그날도 꿀 귀리 빵을 먹는 여자가 찾아왔어요. 선반에서 꿀 귀리 빵 하나를 꺼내는데, 문득 무서운 생각이 들더군요. 어느 순간, 그를 더 이상 볼 수 없을 것 같다는 예감이요. 몇 주 동안 매일 내장 없는 꿀 귀리 빵을 먹으면서 내 궁금증을 돋운 그가, 어느 날 갑자기 사라져 버리면, 다시는 찾아오지 않으면…… 그럼 저는 이 수수께끼의 정답을 평생 알지 못하게 되는 것이었죠.

꿀 귀리 빵의 비밀을 알지 못하면 죽을 때까지 분명 괴로울 것이라는 확신이 들었어요. 늙어서 청년 시절을 추억하다가, 사회 복지사 앞에서 "꿀 귀리 빵…… 꿀 귀리 빵……." 하고 중얼댈지도 모른다니까요. 그러면 젊고 열정 있는 사회 복지사가 "아, 이 최진호라는 할아버지는 꿀 귀리 빵을 먹고 싶어 하는구나!"라고 생각해서 맨날 꿀 귀리 빵을 식사에 추가하고, 마침내 노년의 나이에 맛대가리 없는 꿀 귀리 빵을 매일매일 먹게 될지도 모르는 일이지 않아요? 얼마나 무섭나요?

꿀 귀리 빵이 아니라 다른 데 관심이 있는 거 아니냐고요? 글쎄요. 그럴 수도 있죠. 아닐 수도 있고.

그래서 전 용기를 냈어요.

"저기요, 왜 매일 이렇게 주문하시는 거예요?"

"네?"

뒤에서 성혁과 점장이 저를 바라보는 게 느껴졌어요. 점장은 '헛소리해서 손님을 잃으면 가만두지 않겠다'라는 의사를 표정으로 웅변하고 있었겠죠. 아마도. 보진 않았지만.

"아, 사실, 저희가 파는 게 샌드위치인데, 손님이 매일 주문하시는 게, 사실, 그게, 기록을 해 뒀다거나 그런 건 아닌데, 그, 단골이시다 보니까, 꿀 귀리 빵만 매일 드시는데, 사실 이게, 그러니까, 옆에 마드리드바게트에서도……."

오, 점장의 표정이 훨씬 더 험악해졌겠죠. 그 여자는 왠지 놀란 듯한 표정으로 절 보고는 입을 열었어요.

"그게 말하자면 긴데……."

그때 갑자기 손님 한 무리가 들어왔어요. 기가 막힌 타이밍이었죠. 점장을 보니까, '조금이라도 더 그 삿된 혀를 놀리면 용서치 않겠다'라는 말을 표정만으로 웅변하고 있더군요. 저는 눈을 한 번 질끔 감았어요. 그리고 기회를 잡아야 한다는 생각을 했어요.

"저, 저기, 손님, 제 번호가…….'"

저는 제 전화번호를 말했어요. 그러고 나선……

"혹시 나중에라도 괜찮으시다면 좀 알려 주세요. 제가 진짜 궁금해서 잠을 못 자겠거든요. 아, 그리고 제 이름은 최진호입니다."

그에게 말하고, 꿀 귀리 빵을 잘라 건네주었어요. 놀랍게도 그는 환한 미소를 띠면서 그것을 받아 들었어요. 그러고 보니, 생각도 못 했는데, 그의 눈웃음이 예쁘구나 싶더군요. 당연히 생각도 못 했겠죠. 본 적이 없으니까! 그런데 앞으로 그걸 더 자주 볼 수 있으면 좋겠다 싶었어요.

4

나는 샌드위치를 씹었다. 서브웨이 BLT 샌드위치였다. 여기서, 그러니까 현실에서 먹는 샌드위치에는 속 재료와 양념이 잔뜩 들어 있었다. 빵은 허니 오트. 비로소 내가 아는, 제대로 된 맛이 느껴졌다. 현실의 맛. 상큼하고 고소하고 달콤하고 쫄깃한, 내가 사랑하는 맛.

이것저것 시도해 보았지만 가상 세계 속의 음식은 도저

히 먹을 수가 없었다. 모든 단맛은 설탕보다는 사카린과 스테비아와 전분을 잘못 배합한 맛에 가까웠다. 짠맛은 짜다기보다는 혀에 전기 자극을 주는 듯한 맛이 났고, 매운맛은 순수한 고통이었다. 향도 어딘가 미묘하게 어긋나 있었다. 음식은 여러 향과 맛의 조화다. 조금씩 어긋난 맛과 향들이 하나로 뭉치자, 도저히 먹을 수 없는 무언가가 되었다. 가상 세계에 사는 사람들은 이런 맛을 어떻게 견디고 사는 걸까? 아니, 그들은 더 이상 옳은 맛을 상상할 수 없게 된 것일까?

오직 서브웨이, 아니, 그러니까 가상 세계 속의 하프웨이에서 파는 꿀 귀리 빵만이 참고 삼킬 수 있는 맛이 났다. 이상하게 그것은 조금이나마 현실적인 느낌이 들 정도로 잘 재현되어 있었다. 나는 매일매일 하프웨이의 빵을 먹을 수밖에 없었다.

그래도 내가 지금 씹고 있는 샌드위치를 감싸고 있는 허니 오트 빵에 비할 바는 못 되지만.

"희랑 씨, 메타버스 생활은 좀 어때?"

나는 내 앞에 있는 이지영을 바라보았다. 그는 동그란 뿔테 안경을 끼고 있었는데, 벌써 식사를 끝마치고 커다란 노란색 노트에 무언갈 쓰고 있었다. 노트 위에는 상상을 초월하는 악필로 쓰인 메모가 가득했다. 이지영은 누군가 자신의 일기장을 훔쳐볼까 걱정할 필요는 없을 것이다. 그 자신 빼고는 도저히 읽을 수 없을 테니까. 아니, 자신도 읽을 수나 있을까?

"재미있어요. 생각보다 도시가 크더군요. 놀 만한 공간도 많고요. 나중에 거기 살아 보는 것도 나쁘지 않을 것 같다 싶었어요."

"그거야 당연한 거고. 뭐 특별한 일 없어?"

나는 샌드위치를 질겅질겅 씹었다. 빵 위에 흩뿌려진 귀리의 맛이 느껴졌다. 나는 눈의 초점을 살짝 흐리면서 그에게 말했다.

"……한 사람을 만났어요."

"사용자?"

"예. 어쩌다가 대화를 조금 나눠 봤어요. 런던에 가고 싶어 하더군요."

이지영이 당혹스러운 표정으로 나를 바라보았다. 그는 턱을 몇 번 매만지더니 말했다.

"런던에 가고 싶어 한다고? 그건 말이 안 되는데. 뭔가 이상하군. 어차피 그 사람은 런던에 갈 수도 없잖아."

"갈 수 없다고 해서 꿈을 품지 못하는 건 아니잖아요?"

이지영이 고개를 저었다.

"아냐. 꿈을 가질 수도 없어. 애초에 우리 회사는 가상 세계를 그렇게 설계하지 않았단 말이야. 그 사람 아이디가 뭐야?"

"그건 모르겠는걸요."

"알아 와. 알겠지요?"

"뭐 하시게요?"

"버그잖아. 버그는 잡아야지."

나는 고개를 끄덕였다. 하지만 마음이 편하지만은 않았다. 버그라는 단어를 입속에서 굴려 보았다. 버그. 분명히, 절대 도달할 수 없는 런던에 가고 싶다는 꿈을 품는 것이 가상 세계의 사용자에게 좋을 리는 없다. 하지만 누군가의 꿈을 버그로 치부하고 짓이겨 버려도 괜찮은 걸까?

조금 더 그 사람에 대해 알아봐야겠다고 나는 생각했다. 대체 무엇이 그를 런던으로 떠나고 싶게 만들었을까? 점심시간이 끝나고 나서, 컴퓨터에 그 사람의 이름을 입력해 보았다. 최진호. 평범한 이름이었고, 같은 이름을 가진 사람이 여섯 명이나 있었다. 그래도 괜찮았다. 난 그 사람의 인상착의를 잘 알고 있으니까. 뭐, 사족을 붙이자면, 7년 전에 헤어졌던 옛 남자친구와 닮았다고 생각했다.

곧 모니터에 그의 얼굴과 현재 상태가 착착 떠오르기 시작했다. 그의 정서 상태와 인지를 확인했다. 최진호는 나를 생각하고 있었다. 나를 생각하는 그는 꽤나 행복해 보였다.

나도 모르게 미소를 지었다. 이 사람은 내 이름도 모를 텐데, 나에 대해서 아무것도 모르면서 나를 좋아하고 있었다. 비록 헛것으로 만들어진 세상이라지만 그의 마음만큼은 진짜였다.

그다음, 그의 과거 기록을 보았다. 나는 더 이상 미소 지을 수 없었다.

5

런던에 가게 된다면, 제 세상을 넓힐 수 있을 거라고 꿈꿨어요.

보세요. 제 세상은 보육원과 학교를 중심으로 돌아가는 아주 좁은 세상이었어요. 저는 굳이 모험을 찾아다니는 성격이 아니에요. 제 좁고 안락한 세상에 안주하는 것이 좋았지요. 별다른 추억이 없더라도 괜찮았어요.

하지만 '대학교의 신입생'이라는 신분이 제 가슴속에 새로운 바람을 불어넣은 거예요. 왜, 선생님들이 다들 그러잖아요. 지금만 꾹 참고 공부하면, 대학에 가면 뭐든 할 수 있다. 술도 마실 수 있고, 연애도 할 수 있고, 청소년에게 허락되지 않은 온갖 일탈이 가능하니까, 그러니까 제발 조금만 참아라! 괜히 선생님들 귀찮게 하지 말고! 그리고 저는 선생님들이 만든 세계관에 그대로 홀려 버린 것이지요!

그래서 전 런던이라는 꿈을 품게 되었어요. 그런데, 이거야 원, 상상도 못 한 새로운 꿈이 또 하나 생겨 버린 거지요.

자, 들어 보세요. 놀랍게도 그날 밤 그 여자가 제게 연락을 했어요.

그는 자신의 이름과 전화번호를 알려 주었죠. 그의 이름은 윤희랑이었고, 비둘기대학교 심리학과 4학년이었어요……. 그러니까 윤희랑은 저보다 누나였던 거죠!

우리는 이런저런 이야기를 나누었는데, 이상하게 그는 자신이 꿀 귀리 빵만 주문하는 이유는 끝까지 말하지 않더군요. 그는 능숙하게 그 주제를 피하면서 말을 빙빙 돌렸지요. 하지만 우리 둘 다 그쯤 되면 알고 있었을 거예요. 꿀 귀리 빵은 그냥 맥거핀일 뿐이라고. 더 중요한 게 있는 거죠.

윤희랑의 메신저 프로필 사진을 보았어요. 검은 머리카락을 어깨 밑까지 오도록 길렀고, 또렷하고 자신만만한 눈빛이 매력적이었죠. 정말 온갖 생각이 다 들더군요. 이런 경험을 해 본 적이 없었거든요. 그런데 제가 누군가에게 전화번호를 줬고, 그 사람이 저에게 연락을 했어요. 이건 기적이었어요. 당장 하늘이 무너져 내려도 이상할 것 같지 않았어요.

사실 딱히 할 말이 많지는 않았어요. 윤희랑은 저와 같은 학교에 다니고, 저는 하프웨이에서 아르바이트를 하고……. 서로 정보가 거의 없는 상황에서 무슨 이야기를 나누겠어요? 이런 상황에서 제가 해야 할 행동은 명확했죠.

'그럼 마침 주말인데, 내일 저녁에 자두대학교 근처에서 식사나 할래요, 누나?'

이 말을 메신저에 쓰고는 한 5초 동안 눈을 질끈 감았어요. 제가 오늘 점심시간에 낸 용기의 반쪽만 있어도 이 정도 메시지는 보낼 수 있다고 마음속으로 되뇌었죠. 할 수 있다. 할 수 있어, 최진호! 망하지 않아! 이 사람도 내게 어느 정도 호의를 가지고 있을 거야. 분명히!

'전송' 버튼을 눌렀어요. 오, 신이여. 부디. 마음속으로 시간을 셌어요. 1분 30초 정도. 그리고 기적이 일어났죠. 그가 이런 답을 보낸 거예요.

‘좋아. 내일 봐.’

그 순간 마음이 탁, 하고 풀리더니, 침대 위로 둥실 떠오르는 것 같은 기분이 들었죠. 이 도시가 잠시나마, 그 커다란 몸을 숙여 제게 호의를 베푼 듯한 느낌이었달까요. 하하…… 너무 과장하고 있는 걸까요.

아니, 과장이 아니에요. 저는 윤희랑이 제게 새로운 세상을 보여 줄 거라고 믿게 됐어요. 런던만큼이나 새로운 세상을 말이지요. 저는 이제 대학생이니까, 그 세상을 볼 준비가 되어 있는 거고요. 저는 진심으로 그렇게 생각했어요.

선생님들은 전혀 틀리지 않았던 거예요.

다음 날, 알람보다 한 시간 정도 일찍 일어났어요.

오후 5시에 자두대입구역에서 만나기로 했는데, 약속 시간이 한 시간씩 가까워질 때마다 심박수가 폭등하더군요. 매 시간마다 에스프레소를 한 샷씩 배 속에 때려 붓는 것 같았달까요. 전 오후 4시까지 아무것도 않고 인터넷에 자두대입구역의 분위기 있는 맛집들만 검색하며 시간을 보냈어요. 약속 시간보다 30분 일찍 도착했고요.

마침내 오후 5시가 되었어요. 약속의 시간이 온 거예요. 윤희랑과 자두대입구역에서 마주했을 때, 그의 온몸에 후광이 비친다고 생각했어요. 제 모든 삶이 이 순간만을 위해 철저한 인과를 따라 진행되어 온 것만 같았죠. 하프웨이 로고가 박힌 조끼가 아니라 제대로 된 옷을 걸치고, 하늘하늘한 원피스를 입고 예쁘게 꾸민 윤희랑을 만나기 위해서.

어떤 말을 해야 할지 정말 모르겠다, 그렇게 생각했어요. 갑갑했어요. 저는 그냥 입에 바보 같은 웃음을 띤 채로 가만히 서 있기만 했어요. 어색하지 않게 보이려고 최선을 다했지만…… 머릿속에는 수많은 생각이 어지럽게 떠돌아다닐 뿐이었어요. 제 마음의 다른 부분들이 '바보야! 지금은 뭐라도 재밌는 말을 해서 네가 매력적인 남자인 걸 보여야지!' 하고 부추겼지만…… 먼저 입을 연 사람은 윤희랑이었어요.

"좀 밋밋한 음식도 괜찮아?"

"밋밋한 거요?"

"평양냉면이라든지. 내가 좋아하는 곳이 있거든. 싫어하는 사람은 엄청 싫어하는 음식이라."

제가 어찌 감히 싫다고 하겠나요.

"먹어 본 적은 없지만, 이야기는 많이 들었어요. 한번 먹어 보고 싶은데요?"

"좋아. 따라와."

낮에 맛집을 괜히 찾았구나 하는 생각도 들고, 이렇게 다 준비해 온 거 보면 역시 윤희랑은 준비성이 뛰어난 거 같고, 내가 사람을 잘 보았구나 하는 생각도 들었어요. 그리고…… 계속 이 얘기를 하는 것 같은데, 그걸 다 떠나서 나는 윤희랑이 정말 잘생겼다고 생각했어요. 그런데 생각해 보니 그 꿀 귀리 빵은 어떻게 된 거지? 일단 식당에 들어가서 물어봐야겠다 싶었죠.

"언제쯤 런던에 갈 계획이야?"

가는 길 위에서, 윤희랑이 제게 물었어요. 전 웃으면서 말했죠.

"글쎄요, 한 3개월 정도면 돈이 다 모일 것 같아요. 웨스트민스터 사원에 꼭 가 볼 거예요."

"좋은 목표네. 이룰 수 있으면 좋으련만…… 그런데……."

그는 말끝을 흐렸어요. 제가 되물었죠.

"네?"

윤희랑은 답하지 않았어요. 하하, 정말 수수께끼 같은 사람이라니깐.

그가 절 데리고 간 평양냉면 식당은 약간 시끌벅적한 분위기였어요. 아무래도 식당 안에는 좀 나이가 지긋한 분들이 많더군요. 평양냉면은 난생처음 먹어 보는 음식이었는데, 이런 걸 좋아하는 것까지 윤희랑이 매력적인 포인트라고 생각했어요. 우리 둘은 냉면을 주문했어요. 황홀한 기분으로 그를 보다가 문득 신기해서 말했어요.

"꿀 귀리 빵만 드시는 게 아니었네요."

"보통은 그것만 먹지. 그게 그나마 먹을 만하거든요. 냉면도 맛이 강하지 않아서 입에 댈 수는 있고."

"그래요? 원래 밋밋한 음식만 드시는 거예요? 이유가 있나요?"

그는 침묵을 지켰어요. 나는 곧바로 후회하기 시작했어요. 아…… 봐요. 윤희랑이 계속 꿀 귀리 빵에 관한 말을 피하는 이유가 있을 거예요. 별로 말하고 싶지 않은 이유일지도 모르죠. 그걸 왜 지금 물어본 거지. 나중에 결혼하고 죽을 때가 되면 적당히 유언으로 물어봐도 되는데. 그가 나를 속 깊지 않은 남자로 생각해 버리면 큰일이잖아요. 그 모든 기회를 내가 지금 저버린 거면 어떡하지. 아니, 그깟 꿀 귀리 빵이 뭐라고…… 지금 눈앞에 있는 윤희랑을 놓치냐. 아, 진짜, 최진호.

우리 사이에 어색한 정적이 도는 동안, 냉면이 나왔어요. 저는 어색하게 면을 조금 집어 먹었죠. 난생처음 먹는 평양냉면은 어땠냐고요? 음…… 글쎄요…… 제 입맛에는 아주 행복한 맛은 아니었어요.

그때 윤희랑이 국물을 한 모금 마시더니 입을 열었어요.

"이건 좀 더 친해지고 나면 말하려고 했는데."

저는 그때 상당히 조마조마한 상태였어요. 방금 전까지만 해도 윤희랑과 친해질 기회를 뻥 걷어찼다는 생각에 스스로를 탓하고 있었지요. 그런 상황에서 그가 그렇게 말하자, 글쎄요, 제게는 그의 말이 '나랑 더 친해지지 않을래?'라고 들렸어요. 그러니까 '조금 더 친해지고 나면'이란 가정 자체가, 뭐랄까, 가능성을 제시하는 것 아닌가요?

그래서 저는 뇌에서 흘러나오는 대로 말했어요.

"저는 누나랑 빨리 많이 친해지고 싶은데요."

스스로 말을 하면서도 무슨 말을 하고 있는 건지, 도저히 모르겠더군요. 아, 어떤 질문이 머릿속에서 웅웅거리며 떠돌아다녔죠. 최진호, 너 지금 너무 오버하는 거 아니니? 꿀 귀리 빵을 먹는 그 여자는 저를 웃으면서 바라보고 있었어요. 아름답다는 수식이 가장 잘 어울리는 미소를 지으면서, 윤희랑이 제게 말했어요.

"그럼 그런 걸로 해. 진호야, 기억 상실증이라고 들어 봤지?"

"네?"

그때, 갑자기 세상이 멈췄어요.

비유적으로 하는 말이 아니라, 정말로 세상이 멈췄어요. 마치 웹플릭스의 영상을 일시정지 한 것처럼, 내 앞에 있는 풍경과 인물들이 모두 멈췄어요. 윤희랑은 미소를 띠고 약간 입을 벌린 채로, 그리고 눈을 반쯤 감은 채로 멈춰 있었고요. 오직 저만 움직일 수 있었어요.

어안이 벙벙한 채로(사실 이 표현은 정확하지 않아요. 저는 공포까지 느꼈어요.) 주위를 둘러보았어요. 옆 테이블에 앉은 사람이 따르던 물을 보았어요. 물통에서 나온 물이 허공에서 멈춰 있었지요. 웃으면서 음료 두 개를 나르고 있는 종업원도 멈춰 있었고요. 제 앞에 놓인 젓가락을 들어 올리려고 해 보았지만 잘 되지 않았어요. 절 제외한 식당 안에 있는 모든 것이 정착액에 푹 절인 것처럼 얼어붙어 버린 거예요.

진짜 사랑에 빠지면 이런 기괴한 일이 생기는 걸까요? 그래서 사랑은 마법이라고 하는 걸까요? 아니, 사랑은 열린 문 아니었나요? 그런데 이 식당 밖에서도 이런 현상이 일어나고 있을까요? 저는 일어나서 반쯤 열린 식당 문을 활짝 열려고 했는데, 문 또한 고정되어 열리지 않았어요. 엉거주춤한 자세로 열린 틈새를 통해 식당 밖으로 나갔어요. 거리의 모든 것도 멈춰 있기는 마찬가지였죠.

그때 쩌저적, 하는 소리가 들렸어요. 얼음에 뜨거운 물을 부었을 때 나는 그 소리였어요. 저는 소리를 쫓아 하늘을 향해 머리를 올렸어요. 하늘이 금이 가고 있었어요. 아직 해가 창창한 가을의 시퍼런 하늘에 검은색으로 금이 가고 있었단 말이에요. 너무 놀랍고 무서워서 저는 얼음처럼 굳어 버렸어요.

곧 조각난 하늘 한쪽이 떨어져 내렸어요. 쾅 하는 거대한 소리가 저 멀리서 들려왔어요. 하늘의 조각이 떨어진 빈 곳에는 밤하늘보다 더 진하고 어두운 깊은 공허만이 남아 있었어요. 초현실적인, 너무나도 초현실적인 광경이었지요.

하늘 조각 하나가 더 떨어졌어요. 이번엔 제법 가까이 떨어져서 슈웅 하는 소리까지 들렸어요. 그 조각이 대지에 충돌하자 꽝 하는 엄청난 폭발음이 들려왔고요. 오른쪽 귀에서 삐이 하고 이명이 울렸지요. 분명 도망쳐야 한다는 걸 머리로는 알았는데, 몸이 조금도 말을 듣지 않았어요.

그때, 하늘에서 화난 듯한 남자 목소리가 웅웅거리며 들려왔어요.

"희랑 씨, 지금 나랑 장난쳐?!"

6

내 시야를 가득 채우던 가상의 세상이 갑작스럽게 사라졌다. 잠시간의 감각적 공허가 뒤따랐다. 아무것도 느낄 수 없었다. 관자놀이를 전동 드릴로 갈아 내는 듯한 두통이 아니었다면, 나는 아마 나 스스로가 죽은 줄 알았을 것이다. 비수 같은 두통이 잦아들면서, 현실감이 점차 돌아왔다. 나는 윤희랑. 회사의 접속실에 있었다. 머리에 냉면 그릇 같은 접속기를 뒤집어 쓴 채로.

나를 가장 먼저 반긴 타인은 이지영이었다. 맥주를 마신 걸까? 얼굴이 시뻘겋다. 나는 시린 눈을 살짝 부비면서 말했다.

"팀장님……."

"희랑 씨, 지금 나랑 장난쳐?!"

그제야 나는 시뻘건 그의 얼굴이 맥주 때문이 아니라는 사실을 알았다. 그는 격노해 있었다. 손을 파르르 떨 정도로. 어지러웠지만, 자세를 바로하면서 말했다.

"무슨 문제 있으신가요?"

이지영이 숨을 한 번 몰아쉬고는 말했다.

"뭐? 기억 상실증? 우리 사용자한테 대체 무슨 이야기를 하려 한 거야, 응?"

"아, 기억 상실증이 좀 구식인가요? 그래도 쉽게 이야기를 전달하는 데는 그만한 단어가 없는 것 같은……."

나는 기억 상실증도 진짜 괜찮은 것 같은데. 하지만 이제는 이지영이 두통을 느끼는 듯, 머리를 한번 잡아 뜯고는 소리 질렀다.

"미친! 우리 세상의 사용자들은 전부 완전 몰입 사용자라고! 자기가 사는 세상이 가상 세계라는 걸 몰라! 그리고 몰라야만 하고! 그게 우리 약관이란 말이야! 저 안의 사람들이 그걸 깨달으면 세상이 무너져 내려. 우리 서비스가 유지가 안 된다고. 희랑 씨 때문에 서버를 롤백했어. 이게 얼마나 큰 손해인지 알아?"

"……하지만 팀장님. 버그를 잡아야 한다고 하시지 않았나요?"

"버그?"

"예. 최진호 씨는 런던으로 가고 싶어 했어요. 그래서 몇 개월째 돈을 모으고 있었고요. 만약 우리 회사의 프로그램이 제대로 돌아가고 있었다면, 최진호 씨가 가상 세계 밖으로 나가고 싶었을 리도 없겠죠."

"그래, 그러니까 이 오류를 고쳐야지!"

이지영이 답답하다는 듯 말했지만, 진짜 답답한 건 내 쪽이었다.

"그러려면 최진호 씨의 데이터 자체를 수정해야 하잖아요. 그 수정이 흔적을 절대 남기지 않는다고 자신하실 수 있나요? 오히려 그 오류 수정 때문에 최진호 씨가 자기가 가짜 세상에 살고 있다는 걸 알게 되면요? 사용자 데이터를 멋대로 수정하다 걸리면 분명 사회면에 나올 텐데요."

이지영이 아랫입술을 깨물더니 말했다.

"그래서, 그럼 어쩌자는 건데?"

"차라리 최진호 씨를 우리 편으로 만들고, 진실을 알리는 게 낫죠. 그분에게 솔직히 말하고, 이 일을 비밀로 해 달라고 하는 게 훨씬 더 문제의 소지가 적을 겁니다."

이지영의 낯빛이 점점 창백해지고 있었다. 최진호를 설득하기에 앞서, 그를 설득하는 데는 성공한 모양이었다. 이지영은 한숨을 푹 쉬고는 말했다.

"좋아. 그럼 이거 하나는 확실히 해 두자고."

"무엇을요?"

"희랑 씨, 나는 당신 계획을 모르는 거야. 만약 이 일로 무슨 문제가 생기면 그건 희랑 씨 책임이지 내 책임이 아냐. 난 이 세계의 계약을 대놓고 어길 정도로 강심장이 아니거든. 나는 어찌 됐든 희랑 씨가 하는 일을 막는 척이라도 할 거야. 방해하지는 않겠지만……."

"네, 좋습니다."

그러고 나서 나는 다시 접속기에 비스듬히 누웠다. 이지영은 나에게서 멀어지다가, 문득 뒤돌아서서 물었다.

"최진호 씨의 데이터를 읽어 보니까, 희랑 씨한테 특별한 관심을 가지고 있던 것 같던데. 혹시 그것 때문에 이러는 건 아니겠지?"

"아니오. 다만 그 덕에 제 계획이 좀 더 잘 풀릴 것 같다는 생각은 드네요."

이건 어느 정도는 거짓말이었다. 내가 최진호에게 어떤 특별한 감정을 품고 있는 건 사실이었으니까.

물론, 연애 감정은 아니었다. 만약 진짜 세상에서 좀 더 나이 든 최진호를 만날 수 있었다면 조금 고려해 봤을지도 모르지. 그럭저럭 귀여운 면도 있는 남자니까. 하지만 최진호가 현실에서 어떤 꼴인지는 뻔히 알고 있었다. 나는 가짜 세상에서만 이루어질 수 있는 연애에는 큰 관심이 없었다. 가상 세계의 평양냉면에서는 플라스틱 맛이 약간 났다. 미묘하게 어긋난 감각을 즐기면서 데이트를 할 수는 없는 노릇이었다.

내가 그에게 품고 있는 감정은 구원자 콤플렉스에 가까운 걸지도 모른다. 인정한다. 나는 이 최진호라는 남자를 구하고 싶었다. 그가 헤매고 있는 이루어질 수 없는 꿈의 늪에서 나는 그를 구해 주고 싶었다.

어쩌면, 나는 메타버스 업계랑 맞지 않는 사람일지도 모른다. 나는 그…… 세상을 받아들일 수가 없었다. 어떤 일이 있더라도 가상 세계의 주민이 되지는 않으리라.

최진호도 내 뜻을 알아 주리라고, 나는 생각했다.

7

눈을 뜨니 오후 1시였어요. 진짜 별 꿈을 다 꾼다 싶었죠. 윤희랑을 본다는 생각에 너무 긴장해서 밤잠을 제대로 이루지 못한 거예요. 그래서 비몽사몽간에 실제로 하늘이 무너지는 꿈을 꿔 버린 거고요. 정말 그를 만나고 싶었나 봐요. 침대 위에 앉아서 헛웃음을 흘렸어요.

샤워를 하고, 저랑 친한 여자애가 "이게 그나마 최선이다."라고 코디해 준 대로 입고, 거의 말라붙어 가는 향수를 몸에 뿌렸어요. 눈썹도 좀 정리하고, 성혁이가 부럽다고 보내는 메시지에 쓸데없는 소리로 답해 주고…… 인터넷에서 맛집을 찾다 보니까 운명의 시간이 가까이 다가왔어요.

자두대입구역 근처에서 절 기다리고 있는 그를 보자 눈이 부셨어요. 지하철역 바깥으로 나오자 윤희랑의 뒤에 뜬 해가 역광을 비추고 있었죠. 그의 머리에서 찬란한 후광이 발하고 있다는 느낌을 받았어요. 하프웨이와 꿀 귀리 빵과 전혀 상관없는 맥락에서 제가 윤희랑을 만날 수 있다는 게, 그리고 그가 충격적으로 아름답다는 게 너무나 놀라웠어요.

잠시 할 말을 찾지 못해서 멍하니 서 있었어요. 아, 이럴 때 가장 효과적인 대사가 뭔지 가르쳐 주는 어플리케이션 같은 건 언제나 나올까요?

"평양냉면 좋아하니? 내가 아는 집 있는데."

윤희랑이 왠지 익숙한 목소리로 말했어요. 평양냉면. 비록 먹어 본 적은 없지만, 왠지 당장 어제라도 먹었던 것처럼 저한테 잘 맞을 것 같았어요. 어떻게 이렇게 취향이 잘 맞을까, 역시 운명이 정해 준 짝이라는 게 있나 보다 하는 생각도 들고…… 아니, 과장된 생각 좀 할 수 있는 거 아니에요? 그런데 그 꿀 귀리 빵은 어떻게 된 거지요.

그가 절 데려간 평양냉면 식당은 언젠가 한번 가 본 적이 있는 식당 같았어요. 식당은 이상할 정도로 한적했어요. 이미 맛집으로 유명한 곳이었는데, 식사를 즐기러 온 사람이 단 한 명도 없었죠. 마치 이 세상이 제가 그와 식사할 수 있도록 빈 시공간을 마련해 준 느낌이랄까. 하하, 너무 오버하는 걸까요?

우리 둘은 냉면을 주문했어요. 윤희랑은 냉면을 깨작깨작 먹더군요. 그래도 그가 하프웨이 빵이 아닌 다른 걸 먹는 건 처음 봤어요. 호기심이 일었지요.

"여기서는 빵 말고 다른 것도 드시네요?"

그런데, 이런 말을 하기에 적당한 때였을까요? 사실 윤희랑이 하프웨이에서 꿀 귀리 빵만 먹고 자시고, 더 중요한 사실은 그가 제 앞에 있다는 것 아니었을까요? 제 앞에 있는, 윤희랑이라는 이 아름답고 재치 있어 뵈는 여자에게 할 만한 다른 괜찮은 말이 있지 않았을까요? 하지만 저는 이제 묻고 싶었어요. 물어야만 한다고 생각했어요.

그러자 그가 말했어요. 조금은 떨리는 목소리였지요.

"이건 좀 더 친해지고 나면 말하려고 했는데."

"저는 누나랑 빨리 많이 친해지고 싶은데요."

저는 이 말을 외우고 있던 것처럼 말했어요. 윤희랑이 저를 바라봤어요. 그 눈은 초롱초롱했는데요. 눈에 습기가 많나? 다른 것도 드시네요,라고 운을 띄워 본 것은 괜찮은 선택이었던 걸까요.

그러자 갑자기 윤희랑이 일어서더니 상반신을 내밀어 내 쪽으로 가까이 다가왔어요. 어, 이건 너무 빠른데, 아니 사실 빠른 게 나쁘지는 않지만, 아니, 그래도, 좋다고 할 수도 있지만, 사실 굉장히 좋은데, 뭐, 아니, 그러니까, 제가 그렇게 매력적인가요? 저는 제가 그냥 평범한 인간, 솔직히 약간 주접을 많이 떨고 내향적인, 그런 사람이라고 생각하거든요. 플레이보이는 절대 아니거든요.

저는 생각했어요. 무수히 많은 생각을 했어요. 찰나를 무한히 쪼갠 순간이 흐른 직후, 한 남자의 외침이 들렸어요.

"엎드려!"

곧 생각지도 못한 일이 벌어졌어요. 윤희랑은 내 목을 휘감고 내리눌렀어요. 저는 식탁 밑에 엎드린 채로 캑캑댔어요. 그다음에 그는 식탁을 발로 쾅 차서, 문 쪽으로 엎어 버렸어요. 그리고 그가 허리춤에서 뭔가를 꺼냈어요. 세상에, 그건 권총이었어요! 진짜 총이요!

식탁 너머를 슬쩍 보려고 했지만, 윤희랑이 제 머리를 짓누르고 있었기에 움직일 수가 없었어요. 그는 겉보기보다 훨씬 더 힘이 셌어요. 전혀 저항할 수 없었죠. 그리고 탕, 탕 하고 화약의 거친 폭발음이 들려왔어요. 윤희랑이 권총을 쏘고 있었던 거예요. 오, 당장 귀가 머는 것만 같았어요. 총을 쏘는 소리가 얼마나 큰지 아시나요. 직접 경험해 보기 전에는…… 절대 알 수 없어요. 영화의 총 소리는 애교예요.

"으아악!"

비명을 질렀어요. 식당의 점원들도 비명을 지르면서 다급히 몸을 숨기는 것 같더군요. 대체 무슨 일이 벌어지고 있는 걸까요? 제가 느꼈던 감정을 어떻게 표현해야 할지 모르겠군요. 당황? 어처구니가 없다? 무섭다? 윤희랑은 권총을 식당 문 쪽으로 겨누고 있었던 것 같아요.

그때 바깥에서 확성기를 거친 듯한 커다란 목소리가 들려왔어요.

"특수 공작원 윤희랑, 윤희랑은 들어라. 너는 지금 포위됐다. 인질을 풀어 주고 즉시 투항하라."

특수 공작원! 그 단어를 듣자 무언가 알 것만 같았어요. 아아…… 아!

생각해 보세요.

매일 하프웨이에서 꿀 귀리 빵 샌드위치의 내장을 모두 덜어 내고 빵만 먹는 사람이 상식적인 사람일 리가 없어요. 아니, 그건 엄청 특이한 일이죠. 윤희랑은 어딘가에 수상한 신호를 보내고 있었던 것이 틀림없어요. 그럼 이 사람은 간첩인 거죠. 오, 저는 지금 국가보안법을 몇 개나 위반한 걸까요? 감옥으로 가는 걸까요? 그런 생각을 하고 있는데, 윤희랑이 말했어요.

"내가 어떤 사람인지 궁금해?"

그 순간에도, 저는 윤희랑의 목소리가 매력적이라고 생각했어요. 아, 그래서 간첩을 하는 건가?

"예?"

순간, 총소리가 멈췄어요. 사이렌 소리도 사라졌고요. 윤희랑은 저를 더 이상 짓누르고 있지 않았어요. 저는 천천히 일어났어요. 방금 전 난장판이 농담처럼 느껴질 정도로 식당 안은 고요했어요. 식당 문은 닫혀 있었고, 식당 안에는 윤희랑과 저를 제외하면 개미 새끼 한 마리 찾아볼 수 없었어요……. 윤희랑이 저를 똑바로 보고 있었어요. 피곤해 보이는 얼굴로, 한 손에 권총을 든 채로. 저는 가까스로 입을 열었지요.

　"당신…… 당신은 간첩인가요?"

　윤희랑은 제 질문에 별다른 반응을 하지 않고, 또 다른 질문을 던졌어요.

　"런던에 가고 싶어서 아르바이트를 시작했다고 했지?"

　"그걸 어떻게 아세요? ……제가 그런 얘기를 했나요?"

　"너는 런던에 갈 수 없어, 최진호. 넌 불가능한 꿈을 품고 있어."

　"불가능하다뇨? 이제 몇 개월만 돈을 모으면 되는데."

　윤희랑이 크게 한숨을 쉬었어요.

　"이 세상에 런던 같은 건 없어. 넌 이 도시 밖으로 나갈 수도 없다고. 어떻게 런던으로 떠난다는 생각을 하면서, 그 바로 너머는 이해하지 못하는 거니?"

　"대체 무슨 말을 하는지……."

　윤희랑이 제 어깨를 양손으로 부여잡았어요.

　"네가 있는 이곳은 현실이 아니라는 걸, 너는 알고 있잖

이루어질 수 없는

아?"

그 말을 듣자, 머리가 아프기 시작했어요.

지금까지 느낀 그 어떤 두통보다 심각한 두통이었어요. 제가 지금까지 한 번도 하지 않은 생각과, 제가 경험한 적 없는 기억들이 제 머릿속을 비집고 들어오는 것 같았어요.

저는 부모님을 생각했어요. 이건 그냥 말도 안 되는 일이 죠. 저는 기억나지도 않는 어린 시절에, 베이비 박스에 들어 있다가 원장님께 발견되었어요. 그런데 저는 부모님이 어떤 사람인지 또렷하게 기억해 낼 수 있었어요. 아버지는 과묵한 사람이었고, 어머니는 활발한 사람이었어요…… 그리고 그 둘은 아주 슬퍼하고 있었어요.

런던을 생각했어요. 저는 런던에 가 본 적이…… 있어요. 웨스트민스터 사원을…… 본 적이 있어요. 그런데 거기서…… 저는…… 뭘 하고 있었을까요?

더 깊이 생각할 수 없었어요. 머리가 너무 아팠으니까요.

그때, 갑자기 땅이 쑥 꺼졌어요.

"으악, 으아아아아악!"

말 그대로 발밑의 모든 타일들이, 그 타일 밑의 바닥이, 그 바닥 밑에 다져 놓은 토지가, 그 토지 밑에 있는 튼튼한 기반암이 제 밑에서 무너져 내렸어요. 아주 잠시, 윤희랑이 저 먼 위에서 저를 바라보는 것을 목격했어요. 윤희랑은 제 시야에서 금방 사라졌어요. 흙과 자갈들이 제가 빠져든 구멍을 와르르 메워 아무것도 보이지 않게 되었으니까요.

저는 끝없이 아래로, 아래로 떨어졌죠. 하지만 아무런 고통도 느껴지지 않았어요. 함께 떨어지는 흙과 자갈들이 제 몸에 많은 상처를 낼 법도 한데, 젤리 속으로 빠져드는 듯 부드러운 감각만이 느껴졌죠. 두통이 조금씩 찾아들었어요. 저는 그 기이한 순간에, 눈을 감고 기억을 파고 들었어요. 부모님에 대해 생각했고, 런던 여행의 추억을 떠올렸어요.

서브웨이 허니 오트 빵의 맛을 회상하며, 마침내 저는 한 공동 속으로 떨어졌어요. 커다란 빈 공간의 벽면은 금속 타일로 마감되어 있었고, 수많은 디스플레이들이 보였어요. 천장 쪽을 바라보았는데, 제가 남겼을 커다란 구멍은 어느새 사라진 지 오래였어요.

8

잔뜩 화난 채로 내 접속을 끊었던 이지영. 그는 두 시간 뒤 다시 나를 찾았다. 이번에는 훨씬 더 온화한 표정이었다.

이지영이 첩보 작전 계획을 제시했을 때, 솔직히 말해서 좀 당황스러웠다. 나는 『추운 나라에서 돌아온 스파이』를 재밌게 읽은 적이 있었다. 언젠가 첩보 소설을 한 번쯤 써 보고 싶다는 생각을 아주 잠깐 한 적도 있었고. 스파이의 삶을 동경하기도 했다. 하지만 이런 식으로 그 삶을 재현하게 될 줄이야…….

"팀장님, 그건 좀…… 세상에 대체 어느 간첩이 재료 없는 샌드위치를 먹으면서 신호를 보내나요?"

"국정원이랑 일해 본 적 있어? 그걸 어떻게 알아, 희랑 씨가."

"간첩이, 누가 봐도 수상해 보이는 그딴 짓을 하는 간첩이 세상에 어디 있어요?"

"글쎄. 북한에서는 빵이 희귀하니까…… 그리고, 애초에 희랑 씨가 꿀 귀리 빵만 먹은 게 잘못이지. 너무 이상한 행동이잖아?"

나는 어깨를 으쓱였다.

"맛 재현은 아직 잘 되지 않더군요."

"하여튼. 그 최진호라는 사람의 기억이 되돌아오면, 가상 세계에 혼란이 일어날 거야. 좀 고전적이긴 하지만, 북파 공작원이라는 핑계를 대면 내부 사람들이 따라서 각성하는 일은 없겠지. 내가 바깥에서 소동을 피울 테니, 그동안 최진호 씨의 기억을 깨우든지, 말든지. 알아서 해."

이지영은 대단히 즐거워 보였다. 나는 그 점을 정확히 지적하기로 했다.

"팀장님, 방금 전에는 엄청 화내시더니, 지금은 꽤 즐기시는 것처럼 보이는걸요."

"그쪽이야말로 사용자한테 너무 감정 이입하는 거 아니야, 희랑 씨? 아니, 사용자라고 하면 안 되나? 최진호 씨를 너무 의인화하지 마. 아무리 그럴싸하게 보여도, 그건 그냥 정해진 알고리즘에 따라 돌아가는 프로그램에 지나지 않아. 희랑 씨가 직접 이 사용자를 설득하려고 한 건 좋은 아이디어야. 하지만 그렇다고 해서 프로그램을 사람으로 생각하면 안 돼."

"몸이 없다고 해도, 사람의 정신이 아닌 건 아니지요. 우리 세상은 인간의 정신을 그대로 복사하잖아요."

이지영이 어깨를 으쓱였다.

"그래서 그 안에서 꿀 귀리 빵만 먹는 거야?"

"예?"

"봐. 희랑 씨도 우리 세상이 불완전한 걸 알고 있어. 감각 재현이 완벽하지가 않잖아. 맛과 향의 감각도 완전히 재현할 수 없는데, 복잡한 정신적 작용, 자유 의지까지 재현할 수 있을 것 같아? 불가능해."

"그래도……."

"명심하라고. 사용자들은 사람이 아니야. 그래서 내가 쉬운 길로 가자고 한 거야. 어차피 사용자들은 가짜 세상에서 가짜로 살아가는 것만으로 감지덕지한다 말이지. 우리가 데이터 수정을 하든 말든 신경 안 써. 애초에 인지조차 할 수 없지만. 그런데 굳이 이 세상이 가짜라는 비밀을 알려 주고, 우리 편으로 만들자고?"

나는 고개를 저으면서 의자에서 일어났다. 이지영이 빙긋 웃으면서 나를 올려다보았다. 나를 당돌한 신참쯤으로 생각하는 듯했다. 그의 재수 없는 콧대를 짓눌러 주고 싶었다.

"아뇨. 이 사용자는 사람이 맞아요. 다만 육체를 가지지 않은 사람일 뿐이죠. 최진호 씨는 꿈을 가지고 있단 말이에

이루어질 수 없는

요. 꿈을 가지는 건 인간적인 일 아닌가요? 그럼 직접 물어 보죠. 그냥 자신의 데이터 일부를 지우고 가짜 삶으로 돌아 가는 걸 원할지, 아니면 모든 게 가짜라는 걸 안 채로 살아 갈지. 고뇌하겠지만, 그래도 꿈을 품고 살아가기를 원할 거 예요."

"오, 빨간 약*을 먹는 걸 보겠다는 거야? 그래, 그럼 그렇 게 해."

두고 보시지.

다음 날, 나는 이지영과 나란히 접속기에 앉았다. 접속기 옆의 디스플레이에서 뇌파를 비롯한 내 생명 신호가 끝없이 표시되고 있었다. 내 뇌파와 심박이 불안정하게 흔들렸다. 이것은 그에게는 없는 것. 나는 뉴런과 글리아와 신경 전달 물질로 사고하지만, 그는 실리콘 반도체에서 날뛰는 전자를 통해 사고한다.

눈을 떴을 때, 나는 우리 회사가 만든 가상 세계 속에 들 어와 있었다. 이지영은 내게 권총을 주면서 자기 계획을 설 명했다. 이지영이 정확히 무엇을 하려는지 알게 되었을 때, 나는 대단히 당혹스러웠다. 도시 속에서 대놓고 총격전을 하자고? 에이, 설마. 그냥 총을 겨누기만 하면 되겠지?

---

* 영화 〈매트릭스〉에서 빨간 약을 선택한 사람들은 고통스러운 진실을 보 게 되고, 파란 약을 선택한 사람들은 안온한 거짓을 보게 되는 상황을 빗 대어 표현함.

홍익대학교…… 아니, 자두대학교 앞에서 나는 최진호를 만났다. 최진호는 우스꽝스러운 표정을 짓고 있었다. 이제 그의 데이터를 읽지 않아도, 그가 어처구니없을 정도로 나에게 빠졌다는 사실을 뻔히 알 수 있었다. 참나, 나에 대해 대체 뭘 안다고 이렇게 빠진 건지. 하지만 바로 그 얼빠진 모습이 인간다웠다.

그리고 그다음에 일어난 일은…… 이지영의 취향이 무엇인지 확실히 알 수 있었다. 이렇게 고래고래 지르는 걸 좋아하나 보지? 권총을 실제로 쏴야 할 정도로 격렬할 거라고는 생각하지 못했다. 경찰특공대 차량 옆에서 총을 내게 겨누면서, 그는 싱글벙글 웃고 있었다. 그 정도로 나 때문에 스트레스를 많이 받는 걸까? 아니면 그냥 취향이 밀리터리 오타쿠인 걸까. 으, 그건 질색인데. 어쨌든 나는 아크로바틱한 몸짓으로 최진호의 팔을 꺾고 쓰러트렸고, 그를 짓누르면서 총격전을 펼쳤다. 2년 동안 유도를 열심히 하길 잘했다 싶었다.

아, 이지영을 위해 좀 더 공평하게 말하겠다. 아무튼 이 총격전 시나리오는 잘 작동했다. 아무것도 모르는 가상 세계의 사용자들은 멀리멀리 도망쳐 주었고, 그 덕에 우리는 이 세계를 조작할 만한 빈틈을 포착할 수 있었다. 그 빈틈을 이용하여, 나는 최진호를 관리자들의 공간으로 데려갔다.

나는 그가 계속 꿈을 꾸리라고 믿었다.

이루어질 수 없는

9

저는 공동에 누운 채로, 제가 겪지 못한 과거와 제가 겪은 과거를 떠올리고 있었어요.

말했듯이, 전 고아원에서 자란 최진호예요. 해외여행은 단 한 번도 간 적이 없어요. 그냥 여행을 좋아하지 않는 사람이고, 내향적이죠. 아주 어릴 적부터, 저는 정말 평범한 사람이었어요. 너무 평범한 사람이었죠. 얼마 전까지 이렇다 할 추억도 없었고, 친구도 없었고. 그냥 고아원에서 자랐다는 거 말고는 아무것도 없는, 텅 빈 사람.

왜 제가 런던에 가고 싶었을까요? 삶이 비어 있는 것처럼 느껴졌기 때문이에요. 매일매일 반복되고 재미없는 일상에 특별한 경험을 부여하고 싶었어요. 왜 하필이면 런던일까요. 저한테 영국은 그냥 섬나라, 그 정도일 뿐인데요. 왜 저는 품은 적 없던 꿈을 갑자기 품게 된 걸까요?

그런데 방금 전 기괴한 총격전 와중에 떠올린 기억 속에서, 저는 런던에 가 본 적이 있었어요. 웨스트민스터 사원…… 제가 살면서 단 한 번도 본 적 없는 양식의 건물을 보면서 생각했죠. 도대체 우리와 그들의 어떤 점이 이런 문화적 차이를 만들어 냈을까? 그리고 그런 생각을 한 다음에는…… 그다음에는…… 분명히 무슨 일이 있었는데.

어떻게 제가 같은 시간에 여러 곳에 존재할 수 있는 거죠? 어떻게 동일한 시간에 중첩된 여러 가지 기억을 가질 수 있는 거죠? 아, 정말이지…… 머리가 아팠어요. 저는 머리를 부여잡고 새우처럼 몸을 말았어요.

구두 소리가 들렸어요. 그쪽으로 고개를 가까스로 돌리자, 제가 방금 전까지 그토록 보고 싶어 하던 사람이 저에게로 걸어오고 있었어요. 저는 그 사람이 누군지 알고 있었어요. 그가 먼저 입을 열었지요.

"도착했군요."

저는 반쯤 엎어진 채로, 윤희랑을 올려다보며 말했어요.

"넌…… 넌 대체 누구야? 지금 대체 무슨 일이 일어나고 있는 거야?"

"미안해요. 일부러 괴롭히려고 한 건 아니에요. 하지만 어쩔 수 없었어요."

"뭐, 뭐가 어쩔 수 없었다는 건데?"

윤희랑은 아무 말 하지 않고 내게 손을 내밀었어요. 저는 그 손을 잡고 가까스로 일어났죠. 두통이 잠시나마 잦아드는 듯했고, 그제야 주위를 둘러볼 수 있었어요. 제가 있는 공간은 텅 빈 돔이었어요. 그는 어디로 들어온 걸까요?

그때, 윤희랑이 저를 잡고 있지 않은 팔로 허공을 휩쓸었어요. 동시에, 빈 벽에 이미지가 떠오르기 시작했어요. 병상 위에 누워 눈을 감고 있는 한 남자의 모습이 보였지요. 그 남자의 몸에는 온갖 생명 유지 장치가 주렁주렁 달려 있었는데, 아무 지식이 없는 제가 보기에도 대단히 좋지 않은 상황 같았어요. 그리고 그 얼굴은…… 얼굴 반절을 가리고 있는 산소 호흡기 때문에 잘 보이지 않았어요.

이루어질 수 없는

윤희랑이 제 손을 놓고는 말했어요.

"이게 당신의 원본이에요, 최진호 씨."

"원본이라고?"

"얼굴을 자세히 보세요."

그 아픈 남자의 얼굴은 익숙했어요. 너무나 익숙했죠. 그럴 수밖에 없었어요. 제가 매일 거울 속에서 보는 얼굴이었거든요. 그 사람은 저 자신이었어요.

하지만 어떻게? 어떻게 그럴 수가 있죠? 저는 저렇게 아파 본 적이 없어요. 저는 평생 단 한 번도 입원을 한 적이 없어요. 그러나 이제 저는 알 수 있었어요. 떨리는 눈으로 윤희랑을 바라보았지요.

"내가 저 사람이야……?"

"맞아요."

"하지만 나는 저렇게 아픈 적이 단 한 번도 없어."

머리를 쥐어뜯는 저를 보고 윤희랑이 담담히 말했어요.

"10년 전의 일이에요. 최진호 씨, 당신은 막 입시를 끝낸 고등학생이었어요. 사율고등학교 출신이죠. 원하던 대학교에 합격했고, 가족과 함께 영국으로 여행을 갔어요. 당신의 첫 번째 해외여행이었어요. 6박 7일의 일정이었고요. 처음 해외로 떠난 만큼, 대단히 몸을 혹사하면서 이곳저곳 둘러봤어요. 6일째에 들른 웨스트민스터 사원은 당신에게는 성지나 다름없었죠. 당신이 존경하던 인물, 아이작 뉴턴이 묻힌 곳이니까."

저는 멍하니 서서, 아무리 생각해도 기억나지 않는 제 개인사를 듣고 있었어요. 사율고등학교? 거기가 대체 어디야? 하지만 전 천 번도 넘게 먹었던 그 학교의 급식이 얼마나 끔찍한지를 낱낱이 밝힐 수 있지요. 윤희랑은 천천히, 그러나 분명히 말했어요.

"당신이 뇌경색으로 쓰러진 곳도 뉴턴의 묘지 앞이었어요. 그 순간을 기억할 수 없는 것도 당연해요. 거기서 쓰러진 이후로, 당신은 단 한 번도 깨어나지 못했으니까."

맞아요. 윤희랑의 말이 맞는 것 같았어요. 수많은 꽃봉오리가 일시에 피어나듯, 제 머릿속에서 제 진짜 과거가 하나씩 터져 나오기 시작했어요. 그렇다면, 단 하나만의 질문이 남겠지요.

"그럼…… 나는 뭐야?"

"우리 회사는 완전몰입형 메타버스를 만들고 있어요. 뇌로 직접 접속하는 완전한 가상 세계가 우리의 모토죠. 하지만 우리 회사의 기술은 아직 완전하지 않아요. 그러니 내가 꿀 귀리 빵만 먹은 거고. 다른 음식은 맛대가리가 없거든."

그런 거였다고요?

"누군가는 이 세계에 풀타임으로 살아가면서, 시스템의 결함을 발견해야 하죠. 그래야 우리가 가상 세계를 개선할 수 있으니까. 하지만 그걸 도대체 누가 하냔 말이에요."

다시 저를 둘러싸고 있던 이미지가 바뀌었어요. 수많은 메인 프레임 컴퓨터들의 소자가 반짝거리면서 빛나고 있었어요. 저는 거기서 어떤 이유 모를 친숙함을 느꼈죠. 친숙할 만도 해요. 제가 바로 그 속에 깃들어 있었으니까요.

아뇨. 사실 진짜 이유를 알고 있었어요. 저는 말했어요.

"내가 바로 그런 일을 해야 하는 거야? 나는 이 세상에 복제된 최진호의 정신이고."

윤희랑이 고개를 끄덕였어요. 하지만 의문은 여전했죠.

"대체 내게 왜 이러는 거야?"

"당신은 런던에 갈 수 없어요. 당신은 아들의 치료비를 도저히 댈 수 없던 부모가 어쩔 수 없이 우리와 계약하고 만들어 낸 환상의 존재예요……."

윤희랑의 눈동자가 떨리고 있었어요.

"……당신의 기억은 존재 자체로 이 세상의 오류예요. 이 세상의 사람들은 외부를 꿈꿀 수 없게 만들어진 거죠. 하지만 당신은 이 세상 너머를 꿈꿨어요. 당신은 꿈꾸는 게 가능한 존재예요. 제 상사는 당신의 기억을 지워 버리면 상관없을 거라고 했지만……."

그는 제게 두 팔을 내밀었어요. 어느새, 그의 눈에서 눈물이 한 방울 흘렀고요.

"저는 당신의 기억과 꿈만큼은 당신이 스스로 선택할 수 있어야 한다고 믿어요. 당신 또한 사람이니까, 떠올린 기억을 그대로 안고, 설령 이룰 수 없는 꿈이라도 품은 채로 살아가는 게 더 나을 거라고 믿어요. 그렇게 하시겠어요? 그것을 바라지요?"

우리는 서로를 바라보았어요. 저는 울고 있는 윤희랑의 얼굴을 유심히 보았지요. 그 큰 눈 속에는 무슨 생각을 품고 있을지 정말로 궁금했어요. 저는…… 제가 사는 세계가 처음부터 끝까지 조작되었다는 사실을 다시금 되새겼어요. 윤희랑이 원하는 것이 무엇인지 알 것 같았어요. 그는 제가 스스로 떠올린 기억을 유지하여, 존엄을 지키며 살아갈 수 있기를 바라고 있는 거예요…….

오, 저는 영원히 이룰 수 없는 꿈을 꿔야겠지요. 꿈은 정말 품는 것만으로 소중한 것일까요? 저는 윤희랑을 바라봤어요. 저는 그가 제게 새로운 세상을 보여 줄 거라고 믿었어요. 그리고 그는 제 차원을 확장시켜 주었죠. 하지만 그게 제가 진정 바라던 것일까요?

입속 가득히 비린 맛을 느끼면서, 저는 내뱉듯이 말했어요…….

10

접속이 종료되고, 나는 다시 현실로 풀려났다. 이번에는 급작스럽게 종료되지 않았다. 접속이 끊길 때마다 보이는 현란한 빛의 파장이 내 시야를 훑고 지나갔다. 두통도 없었다. 아니, 두통을 느끼긴 했다. 하지만 그 두통은 뇌가 가상 세계와 연결이 끊기면서 오는 게 아니었다. 그것은 실패의 스트레스에서 오는 두통이었다.

아직 흐릿한 현실의 안개를 헤치고 가장 먼저 내 앞에 나타난 사람은 이지영이었다. 얼마 전처럼, 그는 접속기에 걸터앉은 나를 바라보고 있었다. 그때처럼 표정이 나빠 보이진 않았지만. 아니, 이지영은 분명히 의기양양해 보였다.

"어때. 최진호…… 아니, 5099번이 어떤 선택을 내리겠대?"

나쁜 자식…… 뻔히 알고 있으면서. 나는 최대한 표정을 숨기려고 애쓰면서 말했다.

"바깥에서 다 보지 않으셨나요? 저한테 물어보실 필요가 없을 것 같습니다만."

이지영은 나를 빤히 바라볼 뿐이었다. 나는 눈을 감았다. 천천히, 아주 천천히 말했다.

"저보고 자의식이 비대하다더군요."

그리고 역겹다고도. 최진호는, 아니 ID 5099번은 내게 말했다. 왜 청하지도 않은 구원으로 자기 삶을 엉망으로 만들어 놓냐고.

"저는 그 사람의 구원자 같은 게 되려고 한 게 아니었어요. 그냥 그 사람이 자기 기억을 온전히 지고 갔으면 했어요. 자기가 원래 어떤 사람이었는지 알고 살 수 있기를 바랐을 뿐이에요……. 그 사람의 모든 것이 가짜인 것보단, 기억이라도 진짜인 게 낫지 않나요?"

"거 참, 감정 이입을 지나치게 하는 거 아냐? 걱정 마, 희랑 씨. 희랑 씨가 맞는 말 하고 있네."

"뭐가요?"

"생각해 보라고. 희랑 씨는 5099번을 진짜 사람으로 생각하고 있잖아. 근데 보통 사람은 삶에서 뭐가 진짜인지, 가짜인지 그렇게 신경 쓰지 않는단 말이지. 사람들이 신경 쓰는 건 그냥 자기 믿음이 일관되게 유지되는 거야. 그러니까 최진호는 어찌 보면 사람답게 살고 있는 것 아니겠어?"

이죽대면서 그는 덧붙였다.

"아, 그리고 데이터 삭제는 내가 할 테니, 희랑 씨는 쉬고 있어."

곧 이지영은 어딘가로 사라졌다.

나는 아직도 접속기에 누워 있었다. 뺨이 화끈거리고 심장이 두근거렸다. 다시 가상 세계로 들어갈 수 있을까? 잘 모르겠다. 젠장, 다시 이직을 고려해 봐야 할까? 애초에 강남에 있는 회사에 다니는 것부터가 내 취향이 아니었다. 이곳에 줄지어 선 빌딩들은 뭔가 텅 비어 있는 느낌이었다. 나는 언제나 고궁이 있는 강북을 좋아했었다…….

11

윤희랑을 자두대입구역에서 만날 때 너무 기대했던 탓일까요? 그를 만나고 아주 기괴한 결말을 맞는 꿈을 연속으로 꿨어요. 너무 기이한 꿈이어서 기억도 제대로 나지 않네요.

엊그제 전 정말 최선을 다해 준비했어요. 외모에 뭐 크게 자신이 있는 것은 아니지만, 그래도 할 수 있는 한 예쁘게 꾸미고 향수도 뿌리고 최대한 그루밍을 해 보았지요.

자두대입구역에서 만난 윤희랑은 참 예뻤어요. 정말 후광이 비치는 것 같았지요. 그가 추리닝을 입고 온 것이 약간 당혹스럽긴 했지만 말이에요. 우리가 벌써 그렇게 편한 사이인가 하고 생각도 했지요……. 물론 저는 상식적으로 생각할 줄 알았어요.

윤희랑은 자기가 아는 평양냉면집으로 절 끌고 갔어요. 평양냉면은 난생처음 먹어 보는 거였는데, 솔직히 제 입맛에 맛있다고 말하기는 어려웠어요. 그래도 윤희랑이 꿀 귀리 빵을 제한 다른 요리를 먹는 건 처음 봤지요.

저는 이런저런 대화 주제를 주워섬기면서, 그의 반응을 이끌어 내려고 노력했어요. 하지만 그는 예, 아니오, 글쎄요 정도로만 답변하더군요. 나중에는 아예 무시하기도 했고요. 1990년대에 개발된 챗봇과 이야기하는 것 같았어요.

30분 만에 식사를 끝내고 윤희랑은 자기가 사겠다고 말한 후 4만 원을 냈어요. 제가 "혹시 커피라도 한 잔 하실……."이라고 운을 떼려고 하니까, 그는 빠르게 말했어요.

"아, 빨리 가 봐야 해."

그리고 그는 자두대 앞에 널린 힙스터들 사이로 사라져 갔어요.

아직 해도 안 졌는데, 나는 침울한 기분으로 집으로 돌아갔어요. 자취방에 올라가는 길에 맥주 피처를 샀어요. 처음으로 혼자 술을 마신 경험이었죠. 딱히 즐겁진 않았고.

월요일에 하프웨이에 출근하자 성혁과 점장이 제게 이것

저것 물어보았지만, 전 세상의 모든 괴로움이 다 담긴 표정만을 돌려줬어요. 그 둘은 내 표정을 보고 어떤 일이 일어났는지 대충 짐작했던 듯해요. 점장은 그날 세 시간 빨리 절 퇴근시켜 주었어요.

그날, 윤희랑은 하프웨이에 찾아오지 않았어요. 그날뿐이었을까요. 그 이후로, 학교 교정에서도 단 한 번도 그를 다시 마주치지 못했어요. 자두대 근처에서 건성으로 나눴던 대화가 우리의 마지막 대화였지요.

어떤 말이 잘못됐을까, 어떤 행동이 잘못됐을까. 제 옷을 코디해 준 여자애를 만나, 눈물을 직사하게 흘리기도 했어요. 걔는 떨떠름한 표정을 지으면서 그냥 인연이 아니거니 하라고 말해 주었고요. 그 생각에 저항하고 싶었지만, 사실 그렇게 말고는 달리 생각할 방도도 없었어요. 그게 그냥 운명이었거니 하고 말이죠.

인생에 이유 없는 일들이야 한두 가지인가요. 생각해 보면, 하프웨이 알바도 아무 이유 없이 시작했잖아요? 돈이 부족한 것도 아니었는데. 다시 마주칠 일 없는 윤희랑이 잘 지내기만을 바랄 뿐이에요. 그런데 그 꿀 귀리 빵은 대체 무엇이었을까요?

수수께끼 플레이

◆
전
삼
혜

─진짜 구식 게임이라니까.

 나는 보는 사람이 없다는 걸 알면서도 채팅으로 투덜거렸다. 이 게임은 동시 접속자 수가 많아야 90명이다. 그런데 망하지 않느냐고? 망할 리는 없다. 이건 학교를 배정받고 입학하기 전, 신입생들이 서로를 돕고 페어플레이 정신을 가지며 블라블라…… 하라고 만든 학교 메타버스 게임이니까.

 어느 필드에서도 잘 보이는 저 중앙 탑 비슷한 것이 우리 학교, '나래고등학교'였다. 필드 네 개를 다 돌아야 저 탑으로 통하는 열쇠를 받을 수 있다고 했다. 요즘은 대부분의 학교가 비슷한 게임을 입학 전에 플레이하도록 하고 있었다.

 열쇠를 받아 최종 보스까지 물리쳐도 받는 것은 약간의 상품뿐. 그렇다 보니 아무리 학교가 '입학하기 전 하루에 일정 시간 플레이하며 간단한 퀴즈를 풀어 보세요!'라고 해도 웬만한 애들은 하루 20분 정도 접속해서 최소 플레이 시간만 채우는 편이었다. 하지만 나는 닷새째 이 게임에 꼬박꼬박 접속해서 돌아다니고 있었다. 여기에는 이유가 있는데, 바로 '일지' 때문이었다.

이 게임은 하루에 20자 이상의 일지를 남기도록 되어 있었다. 일지는 모두가 남긴 걸 볼 수 있도록 접속 직후에 한 번, 접속 종료 직전에 한 번 강제 팝업으로 뜨고, 원한다면 '일지' 탭에서 수시로 확인할 수 있었다. 나는 '플레이어 004'의 일지가 마음에 들었다. 첫날 가시덤불을 열지 못해 끙끙대다가 모니터를 부술 뻔한 그때부터.

가시덤불은 첫 번째 필드, 성의 입구를 막고 있었다. 성에 꼭 들어가야 한다는 것이 플레이 규칙은 아니었다. 보통 애들은 기본 무기로 지급된 물감 총을 쥐고 주변을 폴짝폴짝 뛰어다니는 백 년 묵은 쥐를 사냥하다 하루 플레이를 종료했다. 그러다 보면 여러 가지 아이템이 떨어졌다. 떨어진 아이템들을 가지고 뭘 하는지는 미지수였다.

한 필드를 클리어할 수 있는 조건은 두 가지였다. 나와 있는 모든 수수께끼(혹은 시험 문제)를 풀거나, 레벨 업을 충분히 해서 다음 필드로 넘어가는 거였다. 매 필드마다 올려야 하는 레벨은 10. 하지만 당신이 나래고등학교 신입생이라고 가정해 보자. 백 년 묵은 쥐를 백 마리 잡으면 레벨 1이 오르고, 성에 들어가서 수학 문제 열 개를 풀어도 레벨 1이 오른다면 뭘 택하겠는가? 게다가 쥐를 잡는 것이 물감 총 한 방으로 끝난다면!

어차피 레벨 40이 되어야 최종 필드인 탑에 들어갈 수 있고, 탑에 들어가지 않아도 권장 시간만 채우면 클리어로 인정되니, 누구라도 쥐를 잡을 것이다. 게다가 이 백 년 묵은 쥐는 먼저 공격하는 몬스터도 아니었다. 주변의 모든 것이 '백 년 묵은'이라는 타이틀을 달고 있을 때 애들은 이미 예상하긴 했을 것이다.

이 필드가 동화 속 이야기를 본 따 만들어졌다는 것을.

하지만 그건 그거고, 다른 애들에게 이 게임이 무슨 의미가 있을까? 당장 방금 내 외침에도 아무 대답이 없는데 말이다. 나는 첫 번째 필드 성에서 얻은 아이템인 '바늘'이 소지품 창에 들어 있는 것을 확인하고 씩 웃었다. 이 바늘은 순전히 플레이어 004의 일지 덕분에 얻은 거였다.

나는 꼭 성에 들어가 보고 싶었다. 그런 플레이어들이 있다. 필드의 구석구석을 다 누벼야 직성이 풀리는 사람들. 내가 그런 타입이었다. 나는 가시덤불로 뒤덮인 성에 꼭 들어가 보고 싶었지만 여기저기를 쏴 대어도 가시덤불은 데미지를 입지 않았다. 첫날, 가시덤불을 10분쯤 공격하다 포기하고 성 주위를 돌아다니는 쥐 떼들을 잡고 로그아웃하려던 때였다.

눈앞에 일지가 나타났다. 20자를 채우는 건 간단했다. '오늘도 주어진 시간 동안 열심히 플레이했습니다. 오늘 숙제 끝.' 일지들은 대부분 비슷한 말들로 채워져 있었다. 그런데 그중에 그 애의 일지가 내 눈을 끌었다.

백 년 묵은 성. 가시덤불. 들어올 사람을 기다리는 입구.

'잠자는 숲속의 공주잖아.'

나는 버릇처럼 살짝 혀를 깨물었다. 백 년 된 뭐가 나오는 이야기가 너무 많아서 이거일 줄은 몰랐지. 나는 다시 한번 문 앞으로 가서 천천히 살펴보았다. 내 아바타 눈높이에, 가시덤불이 조금 듬성듬성한 곳 틈새로 열쇠 구멍이 보였다.

-들여보내 줘.

나는 타자를 쳤다.

문에서 시스템 메시지가 출력되었다.

잠자는 숲속의 공주 성에 오신 것을 환영합니다.

그리고 문이 열리나 싶었는데…… 기대하는 내 앞에 나타난 것은 안타깝게도 열린 문이 아니라 수학 문제였다.

> 이 성에는 30명의 사람이 잠들어 있습니다.
> 그중 오로라 공주는 15세, 아버지의 나이는 42세,
> 어머니의 나이는 39세이고 오로라 공주의 반려 쥐는
> 안타깝게도 성의 사람들이 잠들기 전 세상을 떠났습니다.
> 그렇다면 잠들 때 오로라 공주, 아버지, 어머니
> 세 사람의 나이 평균은 몇 살이었을까요?

"작작 해라!"

나는 헤드셋을 귀 뒤로 젖히고 버럭 소리를 질렀다. 이런 식으로 가다간 저 탑, 나래고등학교에는 수학 귀신이나 국어 귀신, 영어 귀신이 층마다 문제를 내고 있을지도 모르겠다는 생각이 들었다.

'그냥 나도 쥐나 잡을까?'

하지만 문제는 문제. 답을 알아야만 들어갈 수 있다면 나도 들어가고 싶었다. 다행히도 어려운 수학 문제는 아니었다. 30명이 잠들었든 쥐의 나이가 몇 살이든 중요한 건 오로라 공주와 아버지, 어머니의 나이 평균이었다. 그러니까 15에 42를 더하고 39를 더하면…… 57에 39를 더하는 거니까 96이고, 3으로 나누면 평균 32세!

-32세!

괜히 느낌표까지 쳐 봤다. 마법 주문 외우는 것처럼 해 봐야 폼이 날 것 같았기 때문이다.

수수께끼 플레이

들어오세요.

마법의 성의 문이 열렸다. 가시덤불은 스르륵, 열렸다가 내가 성 안으로 들어가자 다시 닫혔다. 여기서 나갈 때는 영어 문제라도 내면 어떡하지? 걱정하던 나는 소지품 창을 확인하고 안도의 한숨을 쉬었다. 소지품 창에는 '성 만능열쇠'가 들어 있었다.

나는 거기까지 하고 일지를 남겼다.

문에는 입구가 있다는 말 고마워.
네 덕분에 성에 들어갈 수 있었어.

나도 플레이어 004에게 뭔가 힌트를 주고 싶었지만 내가 할 수 있는 건 없었다. 나같이 필드를 구석구석 쏘다니는 플레이어들은 보통 전투는 상대적으로 소질이 없으니, 어딘가에서 만난다면 다른 쪽으로 도움을 줄 수는 있을 것 같았다. 나는 컴퓨터를 끄고 다시 플레이어 087에서 '윤가람'으로 돌아왔다.

내 방은 아주 작다.

오로라 공주의 반려 쥐가 죽었다는 문장이 자꾸 떠올랐

다. 1년 전까지 이 작은 방에서 햄스터를 키웠다. 햄스터의 수명은 평균 3년 정도다. 작은 몸에서 두근두근, 심장이 빠르게 뛰고 빠르게 생명이 줄어든다. 이제 슬프지 않다고 하면 거짓말이다. 초급 몬스터인 백 년 묵은 쥐를 잡으면서 나는 백 년 묵은 쥐들이 부러웠다. 우리 햄스터도 백 년쯤 살 수 있다면 좋을 텐데. 그러면 내가 백 년 동안 잠들었다 깨면 나를 맞이해 줄 수 있을지도 모르는데.

일부러 벽에 붙어 잠을 청했다. 문을 보지 않으면 이 방은 조금은 더 넓어 보인다. 바깥의 시끄러운 소리도 조금은 덜 들린다. 내 방과 다르게 게임 필드는 아주 넓다. 달리고 달려야 목표물에 닿을 수 있을 만큼. 그래서 나는 이 재미도 없는 게임의 구석구석을 확보하는지도 모르겠다는 생각이 들었다.

셋째 날, 나는 다시 성 안을 돌아다니기 시작했다. 그대로 멈춰 버린 듯한 사람과 물건 들은 만지면 와스스 부서질 것처럼 보였다. 하지만 여기는 게임 속 공간. 부서지도록 설정되어 있지 않으면 마르고 닳도록 물감 총을 쏴도 부서지지 않는다.

'잠자는 숲속의 공주라면 역시 물레지.'

물레가 어느 쪽에 있더라? 고민하던 그때, 눈앞에 '띠링' 소리와 함께 시스템 메시지가 나타났다. 덤으로 나침반 하나도 함께.

x − ⊙

물레는 북쪽 탑에 있습니다.
나침반을 보고 북쪽을 찾아보세요.

친절하기도 하지. 빙글빙글 도는 바늘을 보고 북쪽 탑을 올랐다. 북쪽 탑에는 다른 곳처럼 굳어 버린 하인과 물건이 있었다. 툭 치면 먼지가 풀풀 피어오를 것 같지만 먼지마저 굳어 버린 성안. 나는 북쪽 탑 구석구석을 엿보며 맨 꼭대기 층까지 올라갔다.

거기에 물레가 있었다.

공주는 없고, 물레만.

'게임이면 당연히…… 공주를 구하라고 할 줄 알았는데.'

물레에 대고 팡, 총을 쏘자 물레가 산산조각 났다. 그리고 바늘 한 개가 떨어졌다. 쥐를 잡아도 받을 수 있는 아이템이었다. 그런데…… 내가 바늘을 줍자 그 자리에 갑자기 '최신식 재봉틀'이란 아이템이 생겨났다. 음. 재봉틀을 실제로 본 적이 거의 없으니 진짜 최신식인지 아닌지는 모르겠지만, 손으로 바느질하는 것보단 백배 빠르게 뭔가 만들 수 있을 것 같았다. 내가 재봉틀을 만져 보려고 하자 다시 시스템 메시지가 떴다.

x − ⊙

물레와 재봉틀의 차이는 무엇인가요?

아무래도 이 재봉틀을 쓰려면 문제를 풀거나, 플레이를 더 해야 할 것 같았다. 층을 오르며 구석구석 문제 탐사까지 한 덕분에 내 레벨은 10이 되어 있었다. 이제 다음 필드로 넘어갈 수 있었다.

'하지만 문제를 남기고 가는 건 좀 그런데.'

할 수 없이 인터넷 검색으로 답을 찾았다. 물레는 실을 잣는 기계고, 재봉틀은 바느질을 하는 기계라……. 실을 바늘에 꿰 본 건 실습 시간에 주머니 하나 만들어 본 게 전부였으니 그걸 내가 알 턱이 있나. 그러고 보니 실습도 그냥 재봉틀로 하면 편했을 텐데. 내가 답을 입력했더니 재봉틀이 반짝 빛났다.

재봉틀을 사용할 수 있게 되었습니다!

그나저나 공주는 어디 있어? 물레 바늘에 찔려 여기 쓰러져 있는 건 아닌데 말이지. 조건을 찾아보았지만 공주가 어디 있는지 실마리조차 잡히지 않았다.

그러고 보니 공주보다 먼저 찾아야 할 게 있었다. 플레이어 004! 로그인했을 때 일지에는 '난 뭔가 잡는 게 싫어. 그래도 바닷소리를 듣는 건 좋아.'라는 말이 적혀 있었다. 정말로 비전투형 플레이어인 모양이었다. 그래서 얘를 어떻게 찾지, 쪽지 기능 하나 없는 이 시스템에서. 나는 고민하다 일지 옆에 써 있는 시간을 발견했다.

"로그아웃 시간이다!"

나도 모르게 입 밖으로 소리 내어 말했다. 좁은 방 안에서 내 소리는 금세 사라져 버렸다. 그 애가 로그아웃한 시간은 저녁 8시. 그렇다면 늦어도 7시 40분에는 접속을 했을 거였다. 어쩌면 내일도 그 시간에 접속할지도 모른다는 생각에 나는 가슴이 두근거렸다.

그래서 내가 지금 바닷가 구석구석을 돌아다니며 플레이어 004를 찾고 있는 거였다. 솔직히 말하자면, 게임 눈치가 빠른 애들은 하루에 한 필드씩 돌고 이미 성에 가 있을 수도 있었다. 괜히 나처럼 누군가를 찾는다고 게임 안을 헤매지 않고 말이다.

"아씨, 머맨이다!"

사람 다리가 달린 물고기 몬스터들이 어기적어기적 나를 향해 다가오고 있었다. 너무 돌아다니다가 몬스터 서식지까지 온 것 같았다. 하지만 바닷소리는 여기서 가장 잘 들린단 말이야! 나는 옆 방향으로 아바타를 돌려 뛰었다. 이번에는 머맨이 따라왔다.

"게다가 선공 몬스터잖아!"

세상에. 백 년 묵은 쥐보다 경험치는 훨씬 많이 줬지만 집단으로 우루루 떼 지어 다니는 물고기 인간은 썩 보기 좋은 모습이 아니었다. 팡, 팡! 나는 아바타를 뒤로 이동시키면서 물감 총을 쏴 댔다. 보기보다 체력이 강한지, 레벨 10으로 능력치가 올라간 내 물감 총으로도 한 방에 쓰러지진 않았다. 최소 세 방? 나는 큰 바위 옆을 돌아서 달렸다. 아뿔싸, 거기에도 머맨이 있었다. 빠르게 총을 쏘면 버텨 낼 수 있지만, 모래밭에서는 아바타 이동 속도가 느려져서 달리기가 쉽지 않았다.

"아까 필드하고 왜 이렇게 다른 거야! 다른 게임 같잖아!"

나는 투덜거리며 머맨을 따돌리고 아까 그 큰 바위로 돌아왔다. 7시 55분. 지금쯤 플레이어 004가 접속해 있을 줄 알았는데.

그때 낯선 소리가 들렸다.

펑!

소리가 난 쪽을 보자 한 아바타가 물감 총을 바위에 쏘고 있었다. 내가 돌아보자 그 아바타는 슥 사라져 버렸다. 나는 혹시 몰라 로그아웃해 보았다. 로그아웃 직전, 화면에 일지가 떴다.

플레이어 087에게. 도와줘서 고마워.
머맨에게 쫓기고 있었어. 노래를 불러야 하는데.
머맨들은 인어보다 먼저 다가와.
내일 거기서 또 보자. 안녕.

수수께끼 플레이

그러니까 나는 플레이어 004를 만난 거였다! 내 예상대로 전투엔 별 능력이 없는 게 맞아 보였다. 그렇지 않으면 같은 고등학교에 입학할 사람이 머맨에게 쫓기고 있는데 숨어 있을 것 같진 않았다.

대체 어떤 애일까, 궁금해졌다.

그리고 다음 날 나는 정말로 플레이어 004를 만났다. 물론 게임 안에서였지만. 머맨이 쫓아오지 않는 장소를 일지로 남겨 두었더니 거기 있었다.

-어제는 미안해.

-도와준 것도 아닌데 뭐. 그 자리에 누가 나타났어도 머맨이 쫓아갔을걸?

-갑자기 로그아웃해서. 부모님 오실 시간이었거든.

-어차피 학교 메타버스 게임인데 뭐.

-그래서 더 그런가 봐. 하루에 20분만 하면 된다며 뭘 그렇게 열심히 하냐고 하셔.

플레이어 004는 나와는 조금 다른 세계에 살고 있는 것 같았다. 우리 집은 컴퓨터를 자정 전에만 끄면 된다. 이유도 다른 사람 잘 때 하면 시끄럽다는 거였다. 항상 고단한 부모님. 적어도 플레이어 004에게는 저녁 8시에는 집에 들어오는 부모님이 계시다. 나는 화제를 바꿨다.

-너 전투 못 해?

플레이어 004가 고개를 끄덕이는 동작을 했다.

-못 하겠어. 시선이 빨리빨리 안 움직여서…… 게임에 서

툴기도 하고.

ㅡ다른 게임 해 본 거 없어?

ㅡ폰 게임이나 가끔 하지, 컴퓨터로는 게임 못 해. 우리 집 방침이야.

으음. 그러니까 정말 전투 젬병 플레이어구나.

ㅡ그럼 이렇게 하자. 팀플레이. 내가 머맨을 공격할게.

말해 놓고 보니 플레이어 004의 어제 일지가 생각났다. 노래를 불러야 하는데 머맨들이 먼저 다가온다고 했었지. 그건 무슨 소릴까?

ㅡ어제 일지는 무슨 뜻이었어?

내가 묻자 플레이어 004의 아바타는 한숨을 쉬는 동작을 해 보였다.

ㅡ너도 어느 정도 알지? 나는 수수께끼 푸는 걸 좋아해.

수학 문제 같은 것도 수수께끼라고 할 수 있다면, 그렇다고 해 두자. 플레이어 004가 말을 이었다.

ㅡ여기는 인어공주 필드 같아. 저기 바닷가에서 노랫소리가 들린 적이 있거든. 그래서 바닷가로 가 봤더니 '노래를 부를게요.'라는 시스템 메시지가 뜨고, 갑자기 머맨이 쫓아오더라고.

ㅡ그래서 숨어 있었어?

ㅡ처음 두 번은 머맨에게 맞아서 강제 로그아웃 당했어. 잠자는 숲속의 공주 성부터 걸어와야 하더라.

으악. 나는 속으로 비명을 질렀다. 리젠 포인트가 거기밖에 없는 건지, 특정 조건을 충족하지 못한 건지는 몰라도 플레이어 004가 체력이 다 닳으면 우린 또 필드 하나만큼 떨어지게 되는 셈이었다. 기껏 만났는데 이럴 순 없었다.

나는 시스템을 살펴보다가 플레이어 004가 지도상에서 어디 있는지 알게 해 주는 '동맹' 신청을 했다. 거기에 '상대방이 맞는 데미지의 50% 가져오기' 옵션을 추가했다.

-50%는 너무 많지 않아?

-괜찮아.

흥미가 생긴 애에게는 충분히 해 줄 수 있는 옵션이었다. 머맨은 한 번에 몰려오고 먼저 공격하지만 속도가 빠르지 않고 한 번 죽으면 다시 생겨나는 데 시간이 조금 걸린다. 나는 인어공주를 발견하면 내가 머맨을 처치해서 길을 뚫을 생각이었다.

-저기야.

플레이어 004가 말한 지점 근처까지 가자 어제 쫓아온 것과 비슷한 수의 머맨 떼가 보였다. 그리고 정말로 '노래를 부를게요.'라는 시스템 메시지가 뜨더니 누군가의 노랫소리가 들리고 있었다. 노래를 듣다가 나는 피식 웃었다.

-누가 학교 메타버스 게임 아니랄까 봐.

-응?

-저 노래 나래고등학교 교가야.

'새들은 나래 펴서 창공을 날고 사람은 나래 펴서 꿈을 이룬다.' 학교 안내 파일에만 들어 있던 교가를 인어공주가 부르고 있는 꼴이라니. 혹시 그럼 인어의 왕은 교장 선생님인가. 나는 플레이어 004를 안전한 곳에 남겨 두고 이리저리 돌아보았다. 바위 위에 인어공주가 앉아 노래를 부르고 있었다. 다행히 수영을 하라거나 하는 옵션은 없어 보였고, 머맨들만 잘 뚫으면 인어공주가 있는 곳까지 갈 수 있을 것 같았다.

-004! 준비해! 내가 뚫으면 바로 달려!

플레이어 004가 고개를 끄덕이는 모션을 했다. 나는 인어공주의 옆 방향으로 머맨 떼를 몰았다. 어슬렁거리던 머맨 떼는 나를 보고 다가왔다. 저것들이 내 동맹을 공격하게 둘 순 없지! 여기 팡, 저기 팡. 때로는 바위 뒤에 숨기도 하면서 나는 머맨을 처치했다. 지도를 보니 플레이어 004는 인어공주에게 곧장 달려가고 있었다. 나는 다시 머맨 떼가 나타나기 전에 플레이어 004에게 다가갔다.

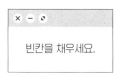

빈칸을 채우세요.

시스템 메시지가 나타났다. 문제는 교가의 빠진 부분을 채우는 거였다. 플레이어 004와 나는 여유 있게 정답을 맞혔다. 그러자 머맨 떼가 사라지고 인어공주가 바위 위에서 꼬리 지느러미를 살랑거리며 우리를 맞이했다. 우리는 물

위에 둥둥 떠 있었다.

> × − ↖
>
> 찾아와 줘서 반가워! 너희들은 누구야?

그리고 보니 아직 우리는 서로가 누군지도 몰랐다. 플레이어 004와 플레이어 087이라는 플레이어 넘버만 알 뿐. 하지만 다행히도 시스템은 우리가 머뭇거릴 시간을 주지 않고 바로 다음 메시지를 띄웠다.

> × − ↖
>
> 아아~ 나래고등학교 신입생들이구나!
> 잠자는 숲속의 공주 성은 다녀왔어?

우리는 '그렇다' 선택지를 골랐다. 그러자 인어공주가 짝짝 박수를 쳤다.

> × − ↖
>
> 마침 잘 됐다! 정말로 성이 있는 거지?
> 안에도 들어가 본 거야?

우리는 또 '그렇다' 선택지를 골랐다. '아니다' 선택지를 고르면 어떻게 될지 궁금하긴 했지만, 보나 마나 먼저 다녀오라고 하겠지……. 스토리 모드에는 스토리 모드만의 룰이 있는 법이다. 인어공주는 다시 시스템 메시지로 말했다.

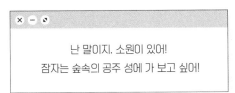

난 말이지. 소원이 있어!
잠자는 숲속의 공주 성에 가 보고 싶어!

이건 또 무슨 소리람. 하긴, 이곳은 진짜 동화 속 세계가 아닌 거대한 메타버스다. 각 동화끼리 서로 연결이 되어도 이상할 건 없었다. 하지만 우리보고 자기를 업고 가라고 하는 건 아니었으면 좋겠는데. 내가 고민하는 사이 인어공주가 다시 말했다.

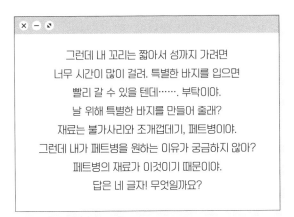

그런데 내 꼬리는 짧아서 성까지 가려면
너무 시간이 많이 걸려. 특별한 바지를 입으면
빨리 갈 수 있을 텐데……. 부탁이야.
날 위해 특별한 바지를 만들어 줄래?
재료는 불가사리와 조개껍데기, 페트병이야.
그런데 내가 페트병을 원하는 이유가 궁금하지 않아?
페트병의 재료가 이것이기 때문이야.
답은 네 글자! 무엇일까요?

그래. 예외는 없었다. 인어공주도 문제를 내는 필드였다.

내가 고민하는 사이 플레이어 004가 재빨리 답을 말했다.

　-플라스틱.

　그리고 나에게 말했다.

　-로그아웃할 시간이야. 내일 보자!

　플레이어 004가 사라졌다. 인어공주 앞에 혼자 남은 나는 멍하니 같은 단어를 타이핑했다.

　-플라스틱.

정답이야!

　나름 리사이클링도 하는 친환경 인어인 건가. 원래부터 혼자 플레이를 해 왔는데도, 플레이어 004가 사라지니 갑자기 필드가 텅 빈 것 같았다. 나는 일지를 남겼다.

오늘 같이 플레이해서 즐거웠어. 내일 보자.
인어공주는 참 이상해. 이 메타버스를 만든 사람이 궁금할 정도야.

　플레이어 004도 일지를 남겨 놓았다.

처음으로 동맹 플레이를 해서 정말 즐거웠어!
나 혼자 멍하니 서 있는 건 어색하고 미안했지만…….
내일은 나도 전투를 해 볼래.

로그아웃하니 밖이 깜깜했다. 침대에 누워서 핸드폰을 켰다. ASMR 중 파도 소리를 찾아서 이어폰으로 듣고 있자니 침대 위가 아니라 바다 위에 떠 있는 기분이 들었다.

처음으로 동경하던 대상과 협동 플레이를 했다. 둥실둥실, 묘한 기분이었다.

다음 날 우리는 다시 동맹을 맺었다. 인어공주가 말한 물건들을 주워 오려면 언제 머맨이 나타날지 모르니 조심해야 했다. 나는 처음으로 사귄 친구가 지도상에서 어디 있는지도 봐야 했고, 체력이 다 떨어지기 전에 대신 맞아 주기도 해야 했다.

플레이어 004에게 간단히 전투를 가르쳐 주기로 했다. 우리는 바닷가에서 머맨이 가장 드물게 나타나는 곳으로 갔다. 무리에서 떨어져 어슬렁거리는 머맨 한 마리를 보고 내가 말했다.

-탕탕탕, 세 방을 쏘면 되는 거야. 가까이 가지만 않으면 별문제 없으니까 걱정하지 말고.

-알았어.

플레이어 004의 총에서 물감탄이 뿜어져 나왔다. 한 방, 목표 머맨이 눈치를 챘다. 두 방, 이쪽으로 달려온다. 세 방. 머맨은 우리 앞에 오기 전에 모래사장에 엎드려 볼썽사납게 파닥이다 사라졌다.

-내가 해냈어!

글자만으로도 플레이어 004의 들뜸이 느껴져서 나는 피식 웃었다.

-정말로 전투를 안 해 본 모양이네. 첫 번째 필드에서 쥐는 잡았어?

-그건 좀 잡았어. 그래도 적을 쏠 때마다 손이 벌벌 떨려서…….

-그럼 두 번째도 해 보자.

몇 번의 실습 끝에 플레이어 004는 처음보다는 능숙하게 머맨을 잡을 수 있게 되었다. 머맨의 몸 안에서도 불가사리며 조개껍데기, 페트병이 나왔다. 아니, 사람도 공격할 줄 알면서 페트병을 삼키면 어떡해. 나는 어제보다는 한결 쉽게 플레이어 004와 협동 플레이를 하면서 인어공주 앞까지 도달했다. 인어공주에게 아이템을 건네주자 길고 반짝이는 천으로 변했다.

> 정말 고마워! 이제 바지만 있으면 모험을 떠날 수 있어! 나래고등학교 신입생들, 정말 고마워!

인어공주가 고맙다는 인사를 하고 사라지자 우리 둘에게는 '마법의 천' 아이템이 생겼다.

천을 터치하자 시스템 메시지가 나왔다.

천을 옷으로 바꿀 수 있는 기계는 무엇인가요?

'재봉틀이겠지.'

나는 대답했고 시스템은 정답이라고 했다.

잠자는 숲속의 공주 성에 다녀오셨다면
재봉틀을 쓰실 수 있을 거예요. 다녀오세요!

아. 이런 식으로 연계 플레이가 되는 거구나. 재봉틀이 있어야 옷을 만들고, 옷을 인어공주에게 가져다주면 또 뭔가 아이템이 나올 거고. 꼭 문제를 풀어야 하는 게임이지만 수수께끼 플레이도 나쁘지 않다는 생각이 들었다.

-그런데 여기까지 와서 또 잠자는 숲속의 공주 성으로 가라고?

내가 투덜거리자 플레이어 004가 대답했다.

-나는 쉽게 가는 방법을 알아.

-응?

플레이어 004가 웃는 표정 모션을 지어 보이더니 내게 말했다.

-체력이 다 깎이면 돼.

수수께끼 플레이

그런 데 쓸 수 있으리라곤 솔직히 생각 못 했다.

우리는 다시 머맨들이 있는 곳으로 향했다. 전투 연습 겸, 어차피 체력이 다 깎여도 우리가 원하는 필드로 가는 거였다. 플레이어 004는 양쪽에서 달려드는 머맨을 이리저리 피하며 잡아 냈다. 파팡! 경쾌한 소리가 퍼졌다. 머맨을 잡다가 보니 '머맨의 비늘 조각'이 나왔다.

-이건 뭐지?

머맨의 비늘 조각을 아이템 창에서 터치하자 화면에 설명이 떴다.

> 머맨의 마법 비늘입니다. 100개를 모아서 재봉틀을 사용하면 멋진 마법 바지를 만들 수 있습니다.

플레이어 004를 데리고 확률적으로 떨어지는 아이템 100개를 모은다라. 아무래도 우리에게는 수수께끼를 풀며 가는 길이 정답인 것 같았다.

우리는 아이템도 모을 겸 체력이 다 깎일 때까지 싸웠다. 캐릭터의 시야가 새카매지더니 '시작 지점으로 돌아갑니다.'라는 시스템 메시지가 떴다. 이 게임에서 당하는 첫 부활이었다. 캐릭터의 시야가 다시 밝아지자, 잠자는 숲속의 공주 성 앞이었다. 플레이어 004 덕에 의외로 편한 플레이를 한 셈이었다.

우리는 다시 수학 문제를 풀고, 성 만능열쇠로 문들을 열며 북쪽 탑으로 향했다. 지난번과 마찬가지로 굳어 버린 사람들과 물건들만이 가득했다. 북쪽 탑에 가서 재봉틀 앞에 서자 나는 고민에 빠졌다. 그러고 보니 나 재봉틀 쓸 줄 모르는데. 플레이어 004도 모른다고 했다. 설마 직접 재봉틀로 박으라고 하겠어?

재봉틀 앞에 천을 가져다 대자 재봉틀은 '바느질 게임'이라는 미니 게임을 띄웠다. 제한 시간 안에 바느질을 할 부분을 모두 터치하면 저절로 옷이 만들어지는 게임이었다. 나는 '게임을 시작하시겠습니까?' 문구를 한 번 보고, 플레이어 004를 보았다. 플레이어 004가 고개를 끄덕이는 모션을 했다.

바느질을 할 때 품이 그렇게 많이 들어가는 줄은 처음 알았다. 열 손가락을 모두 써서 터치했는데도 아슬아슬했다. 플레이어 004도 비슷한 것 같았다. 솔직히 말하자면 나보다 조금 더 심했다. 한 번 실패한 뒤, 추가 시간을 받아서 간신히 완성했으니까. 그래도 우리는 인어공주가 원하는 바지를 모두 완성했다. 이제…… 두 번째 필드까지 뛰어가야 한다.

-되도록 체력 깎지 말고.

내가 말했다. 다시 바닷가까지 달려가는 동안 나는 문득 궁금해졌다. 인어공주는 우리를 나래고등학교 신입생들이라고 불렀다. 그야 이 게임을 플레이하는 사람은 나래고등학교 신입생밖에 없을 테니 맞는 호칭이었다. 하지만 내가 알기로는, 적어도 나래고등학교 신입생 90명은 가, 나, 다 세 개의 반으로 나뉜다. 지금 내 옆을 달리고 있는 애는 어느 반이 되고 싶을까?

나는 '나' 반이 되고 싶었다. 이유는 딱 가운데 정도만 하고 싶어서였다. 가나다 중에 나. 아주 위는 바라지도 않으니, 지금 내 상태가 '다'라면 지금보다 좋은 '나'. 나 정도라면 만족할까…… 생각하다 나는 플레이어 004에게 말을 걸었다.

-너는 무슨 반 되고 싶어?

플레이어 004가 달리면서 조금 늦게 대답했다.

-모르겠어.

생각해 보면 플레이어 004는 자신에 대해 많은 걸 드러냈지만, 중요한 건 드러낸 적이 없었다. 전투를 잘 못하고, 수수께끼 풀기를 좋아하고, 일지를 잘 쓰고, 나와 동맹을 맺고, 오후 8시면 부모님이 와서 게임을 끄라고 하는 집의 아이. 이 정보만으로 이 애가 누구인지 안다고 할 수 있는 걸까? 나는 플레이어 004가 조금 더 궁금해졌다.

어쨌거나 지금까지 플레이를 같이 했으니까.

-넌 이름이 뭐야?

내가 묻자 플레이어 004가 걸음을 멈췄다.

-꼭 대답해야 해?

내가 다시 말했다.

-궁금해서. 어차피 같은 학교 갈 거잖아.

플레이어 004가 대답했다.

-말하기 싫어. 그냥 비밀로 할래.

뜻밖의 대답이었다. 하지만 나는 곧 납득했다. 나도 드러내고 싶지 않은 부분들이 있으니까. 나는 좁은 방 안이 싫어서 게임 속을 이리저리 돌아다니고, 엄마와 아빠는 늘 피곤하고, 컴퓨터와 내 방이 있다. 그런 것들을 시시콜콜 털어놓고 싶지는 않았다.

우리 둘의 아바타는 비슷하게 생겼다. 이 메타버스에서 제공하는 기본 아바타였다. 꾸밈 기능도 없었다. 막대기 같은 팔다리와 몸통에 둥그런 머리. 그리고 성의 없이 그어 놓은 듯한 눈, 코, 입. 웃거나 달리거나 고개를 끄덕이거나 전투, 앉기 등을 할 수 있다. 눈앞의 이 애가, 플레이어 004가 누구인지가 지금 중요한 건 아니었다. 나는 대답했다.

-알았어.

인어공주 앞에 서는 건 수월했다. 플레이어 004가 뒤따르고 내가 길을 뚫긴 했지만, 두세 마리의 머맨을 플레이어 004가 잡아 준 덕분에 정말 '동맹'이라는 느낌이 들었다. 인어공주가 우리에게 말했다.

x – ↘
정말 고마워! 그럼 난 이제 모험을 떠나야겠어! 이 마법의 화로를 줄게. 무엇을 넣든 완벽한 공으로 만들어 주는 화로야!

공이라는 말을 보자 무언가가 생각날 것 같았다. 내가 고민하는 사이 플레이어 004가 먼저 말했다.

-다음 필드는 혹시 개구리 왕자일까?

내가 대답했다.

-그럼 진짜로 개구리를 잡아야 하나…….

기껏 머맨에 익숙해졌는데 이번엔 개구리라니. 험난한 시스템이었다. 세 번째 필드로 향하다 나는 플레이어 004에게 물었다.

-인어공주는 계속 저기에 있겠지?

-그렇지.

-애들이 와서 말을 걸기를 기다리면서 말이야.

-응.

-바지를 아무리 얻어도 진짜로 모험을 떠날 수는 없겠지?

-응.

나는 순간 화가 났다. 내가 아무리 노력해도 이 메타버스 안의 인어공주와 잠자는 숲속의 공주 성은 언제나 그대로일 것이다. 잠자는 숲속의 공주는 탑에 없고, 어떤 사람이 와도 저주를 풀 수 없고, 인어공주는 이런저런 문제를 내면서 계속 저 자리에 있을 것이다.

-변하는 게 없네.

내가 말하자 한참 뒤 달리던 플레이어 004가 걸음을 멈추고 대답했다.

-난 변하지 않는 게 좋아.

그렇구나. 플레이어 004에 대해 또 하나 알게 되었다. 어쩌면 아무 데도 쓸모없는 정보겠지만.

나는 침대 위에 누워 뒤척거렸다. 자정이 아직 멀었지만 컴퓨터를 껐다. 방 밖에서는 부모님이 텔레비전을 보는지 소리가 흘러나오고 있었다. 플레이어 004에 대해 알게 된 게 늘었지만, 알면 알수록 아무것도 그려지지 않았다. 필드를 구석구석 탐험하는 걸 좋아하는 나에게는 조금은 답답한 일이기도 했다.

"나 혼자 열 올리는 거 맞네."

생각해 보면 일지를 보고, 로그아웃 시간을 추적해서 플레이어 004를 따라간 건 나였다. 그 뒤로 여러 가지 일이 있었지만 나 혼자만 플레이어 004를 궁금해했던 것 같다.

이름. 그거 하나가 뭐라고 알려 주지 않는 걸까.

하지만 자신에 대해 말하기 싫다는 플레이어 004를 타박하거나 이름을 말해 달라고 조를 수도 없는 노릇이었다. 우리의 관계는 게임에서는 강하게 묶여 있지만, 게임을 끄는 순간 일지로만 남고 종료되었다. 플레이어 004는 내가 마음에 들지 않으면 언제든지 접속 시간을 바꿔 버리거나 나와 더 이상 동맹 플레이를 하지 않을 거라고 주장할 수도 있었다. 그건 플레이어 004의 자유였다.

"그게 메타버스의 좋은 점이잖아."

나는 손을 펴 천장을 향해 뻗으며 말했다. 내 손은 오른손 엄지가 왼손에 비해 짧다. 아주 어릴 때부터 그랬다. 나는 이 사실을 항상 감추고 싶었다. 플레이어 004도 모르는 일이었다. 그래서인지 나는 다른 게임에서도 맵을 누비는 걸 더 좋아하고, 사람들과 친해지는 걸 어려워했다. 게임이 아니라 사소한 일상 이야기를 나누다가 사진이 있는 SNS 친구로 옮겨 가고, 그러다가 나에 대해 더 알게 되고 나의 엄지에 대해서도 알게 되면 어쩌나 하는 조바심이었을까.

어쩌면 플레이어 004에게도 감추고 싶은 무언가가 아주 많을지도 모른다는 생각이 들었다. 생각해 보면 나는 플레이어 004의 일지를 좋아했을 뿐이고, 돕고 싶다는 생각으로 만났다. 플레이어 004는 이제 전투를 제법 한다. 아마 개구리 왕자 필드도 무사히 넘어갈 수 있을지 모른다.

요즘 플레이어 004의 일지는 '오늘도 도와줘서 고마웠어.'라는 글과 플레이에 대한 짤막한 감상이었다. 더 이상 내가 좋아하던 시 같고 수수께끼 같던 일지는 아니었다.

동맹을 그만하는 게 좋을까?

그러면 플레이어 004는 어떤 일지를 쓸까?

나는 친구를 얻고 싶은 걸까, 일지가 보고 싶은 걸까?

나도 잘 모르겠다.

나는 접속 시간을 바꿨다. 일부러 저녁 8시 이후, 한참 늦은 시간에 접속했다. 로그인하자마자 일지가 떴다.

봐 봐. 잘하잖아. 조금 서운해졌지만 다행스럽기도 했다.

나는 개구리 왕자 필드에 발을 디뎠다. 저 멀리서부터 이빨 달린 개구리가 나를 보고 뛰어왔다. 원거리 인식 범위가 넓은 몬스터라는 생각에 재빨리 주위를 둘러보았지만 다른 개구리는 보이지 않았다. 나는 물감 총을 한 방씩 쏴서 몬스터의 움직임을 늦추고, 구석으로 몰아넣어 처리했다.

머맨보다 오히려 쉬운 편이었다.

플레이어 004가 혼자서도 잡을 수 있을 만큼.

'개구리 왕자' 동화에 나온 대로, 나는 호숫가로 갔다. 호수에는 이빨이 없는 큰 개구리 한 마리가 사방을 둘러보고 있었다. 호수에 가까이 가자 이빨 달린 개구리들도 다가오지 않았다. 그게 이 게임의 법칙인가 보다. 과제가 주어지는 필드로 들어서면 공격하지 않는 것.

개구리를 터치하자 시스템 메시지가 떴다.

어서 오시오! 나를 좀 도와주시오!

나는 머릿속으로 '개구리 왕자'의 줄거리를 떠올려 보았다. 어린 공주가 황금 공을 가지고 놀다 호수에 빠트린다. 그러자 개구리가 나와서 자신과 결혼해 주면 황금 공을 주워 주겠다고 한다. 어린 공주는 승낙하고 개구리 왕자는 황금 공을 가져다준다. 그러나 어린 공주는 개구리가 자신과 같이 밥도 먹고 잠도 자겠다고 하자 개구리를 벽에 던져 버린다. 벽에 던져진 개구리는 사람이 되고 자신은 사실 왕자인데 저주를 받아 개구리가 되었다며 공주에게 감사한다.

그럼 지금 이 개구리를 벽에 던져야 도와주는 건가? 이번에는 선택지 버튼이 나타났다. 나는 '도와준다'를 터치했다.

× ─ ◙

우리 왕국은 이빨 달린 개구리와
이빨 없는 개구리 세력이 대립하고 있었소.

개구리 왕자와 전혀 상관 없는 이야기 같은데.

× ─ ◙

이빨 없는 개구리 세력은 나를 왕으로 세우겠다고
결심했소. 그래서 이빨 달린 개구리들이 저렇게
화가 난 거요. 나는 개구리의 왕자가 맞지만
왕이 되고 싶지는 않소!
왕자의 징표인 황금 공을 저쪽 대표에게 가져다주면
나는 평화롭게 살 수 있을 거요.
쪼개서 감춰 놓은 황금 공을 찾아 주시오.

개구리 왕자는 여덟 개로 나눠 놓은 황금 공이 어디에 있는지 알려 주었다. 하나는 남쪽 장미 덩굴 안에, 하나는 서쪽의 동상 밑에, 하나…… 여덟 개의 위치를 알게 되자 나는 황금 공 조각을 찾기 위해 개구리 왕자를 등졌다.

　개구리 왕자가 대답할 리 없다는 걸 알면서도 나는 개구리 왕자에게 물었다.

　-그런데 너 원래 사람 아니었어?

　역시나 대답은 없었다.

　언제나처럼 벽을 보고 침대에 옆으로 누워 자다가 꿈을 꾸었다.

　꿈속에서 나는 개구리 왕자와 대화하고 있었다.

　"동화에 따르면 넌 원래 사람이어야 하지 않아?"

　"그게 무슨 상관이오? 어차피 이 세계는 모든 게 가능한 세계인데."

　"좋아하는 것도 싫어하는 것도 갑자기 멀어지는 것도?"

　"그거야 당신 마음대로 아니겠소."

　눈을 떠 보니 새벽이었다.

　'그래도 신경이 쓰이는 걸 어떻게 하냐…….'

　속으로 생각하다 까무룩 다시 잠이 들었다.

　다음 날 아침, 나는 눈을 뜨자마자 컴퓨터를 켰다. 플레이어 004의 아바타를 보기에는 내 마음이 아직 복잡했다. 그래도 어쩔 수 없는 건 내가 플레이어 004를 신경 쓰고 있다는 사실이었다. 마음에 드는 일지를 쓰는 사람으로든 같이 플레이를 하는 동맹 플레이어로든. 그렇다면 플레이어 004 가 조금이라도 더 게임을 잘할 수 있게 힌트를 남겨 주는 게 내가 도울 수 있는 유일한 길 같았다.

나는 이빨 달린 개구리들을 사냥하며 황금 공 조각을 찾았다. 장미 덩굴 속에 있는 황금 공을 꺼내며 플레이어 004 가 까만 장미 덩굴 뒤에 숨으면 이빨 달린 개구리들이 인식하지 않을 거라는 생각을 했다. 서쪽 동상 아래의 황금 공 조각을 꺼내면서는 동상으로 오는 길 바로 앞의 바위를 끼고 돌면 동상 앞까지 무사히 올 수 있을 것 같았다.

플레이어 004 없는 플레이는 조금 지루했다. 플레이어 004도 내가 없는 플레이를 지루해했으면 좋겠다는 생각이 들었다. 나는 공 조각 네 개를 찾아내고 로그아웃하기 전, 일지를 썼다.

첫 번째 공 조각 찾기. 까만 장미 덩굴 뒤에 숨으면 됨.
두 번째 공 조각 석상 앞 바위 끼고 돌면 개구리 안 나옴.
세 번째 공 조각 정원 반 바퀴 돌아서 샛길로.
네 번째 공 조각 개구리 왕자에게 다시 말 걸고
바로 뛰어가면 이빨 개구리 어그로 없음.

플레이어 004처럼 쓰고 싶었는데 잘 안 됐다. 어쨌건 이런 힌트를 보면 플레이어 004라도 조금은 수월하게, 체력 다 깎이는 일 없이 공 조각 네 개를 찾을 수 있을 것 같았다.

나머지 네 조각은 내일 쓰기로 마음먹었다. 지금 당장 다 찾을 수도 있었지만, 마음 한구석이 간질간질했다. 나는 내가 쓴 일지에 대해 플레이어 004의 반응을 보고 싶었다. 그래서 다음 날, 플레이어 004가 접속할 시간에 게임에 접속했다. 플레이어 004는 개구리 연못 앞에 서 있었다. 나는 먼저 말을 걸었다.

　-다섯 번째 조각은 찾았어?

　-아니. 가까이 가질 못하겠어.

　플레이어 004가 대답했고 나는 조금 웃었다. 플레이어 004가 다시 말했다.

　-네가 화났을 거라고 생각했어.

　-왜?

　-이름 알려 주기 싫다고 해서.

　-음……

　나는 머뭇거리다가 플레이어 004에게 털어놓았다.

　-내가 너랑 같이 플레이하고 싶었던 이유는 네 일지 때문이었어.

　솔직하게 말했다. 시 같고 수수께끼 같던 그 일지가 좋았다고. 그런데 전투를 잘 못하는 것 같아 내가 도와주고 싶었다고. 플레이를 같이 하다 보니 좀 더 관심이 생겨서 이름을 물어봤다고.

　-그런데 이제 와서 생각해 보니까 이름쯤이야 아무래도 상관없잖아.

이름을 안다고 우리가 갑자기 서로에 대해 완벽히 이해하게 되는 것도 아니다. 하나의 정보만 추가될 뿐이었다.

-그래서 이제 안 물어보려고. 나 화 안 났어.

플레이어 004가 잠시 침묵하다 말했다.

-난 너랑 플레이하는 게 즐거워.

나는 기다렸다.

-그런데 날 드러내고 싶지는 않았어. 일지를 그렇게 적는 애는 나밖에 없잖아. 나는 그런 글을 썼다가 놀림도 여러 번 받았어. 그래서 내 이름을 말해 주고 싶지 않아.

나는 조금 더 기다렸다.

-하지만 너랑 같이 플레이하고 싶어.

그래. 그거면 된 거지. 이 메타버스에서 플레이어 004와 플레이어 087로 같이 플레이하는 게 즐겁다면 된 거다. 예쁘게 꾸며지지도 않은 막대기 같은 아바타로. 말하고 싶은 것은 말하고, 숨기고 싶은 것은 숨기며. 그렇게 플레이하면 되는 거다.

어쩌면 그게 서로에 대한 인정인지도 모른다.

-다섯 번째 공 조각을 찾으러 가자.

우리는 다시 전투 준비를 했다. 다섯 번째 공 조각은 동쪽의 여우 동상 뒤에 있다고 했다. 어디를 어떻게 돌아가야 할지 이빨 달린 개구리들을 어떻게 잡아야 할지 이야기하다가 나는 불쑥 말했다.

-내 이름은 윤가람이야. 내가 널 찾진 않을 건데, 혹시 날

찾고 싶으면 찾으라고.

하지만 힌트를 주는 것도 나쁘진 않겠지.

그리고 플레이어 004가 뭐라 말하기도 전에 이빨 달린 개구리에게 총을 쏘았다. 파팡! 물감탄 터지는 소리가 들렸고 개구리 한 마리가 이쪽으로 뛰어왔다.

-저거 잡아 봐!

플레이어 004의 총에서도 물감탄이 터졌다.

수수께끼를 풀러 가자.

이번엔 네 차례야.

메타버스 속 청소년들의 아바타,
멀티 페르소나 문화

심완선 ◆ SF 평론가
김영희 ◆ 국어 교사(수원 천천고등학교)
김담희 ◆ 사서 교사(전북 이리영등중학교)

1. 메타버스와 멀티 페르소나의 경험

심완선　요즘 '부캐'라는 말이 많이 보이죠. 원래는 게임 용어였잖아요. '본캐'는 기존의 캐릭터, '부캐'는 부가적으로 만든 캐릭터라는 뜻입니다. 이제 본래의 직업과 다른 일을 하는 경우, 색다른 이미지를 유지하는 경우도 부캐라고 부릅니다. 요즘의 청소년은 자신을 다양하게 구현하는 일을 당연하게 받아들이는 듯해요. 본캐와 부캐의 구분이 무의미해 보일 정도로요.

부캐가 존재한다는 건 본캐가 따로 있다는 뜻이죠. 본캐가 그 사람의 전부가 아니라는 뜻이고요. 이런 점에서 '아바타(avatar)'의 원래 뜻이 떠오르기도 합니다. 힌두 신화에서 아바타는 신의 여러 면모 중 하나가 전면에 드러나는 것이라고 볼 수 있지요. 우리가 온라인에서 하는 일도 마찬가지이지 않을까요?

김담희　요즘 보면 SNS 계정이 여러 개인 경우는 아주 많아요. 자신을 여기저기 뿌린다고 할까요? 계정마다 드러내는 모습이 다르고, 온라인과 오프라인의 모습이 달라요. 쪼

개진 상태를 자연스럽게 유지해요. 여러 대화를 동시에 진행하는 일이 익숙하고요. 카카오톡으로 이 친구와 대화하다 저 친구에게 연락하고, 인스타그램 메시지가 오면 그걸 확인하고, 그런 분할이 가능하잖아요. 대면 대화 하나에 오래 집중하는 일이 드물어졌죠.

김영희　온라인 만남이 일상으로 자리 잡았죠. 메타버스 학원이 늘어난 점도 눈에 띕니다. 수업을 듣고 문제를 풀면 메타버스에서 쓸 수 있는 코인을 받아요. 개인적으로 지도해 주는 선생님을 만날 때도 온라인을 통하고요. 많은 초등학생이 이러한 수업을 듣고 있다는 점을 생각하면, 지금 청소년은 메타버스에 대한 친밀감이 기성세대보다 훨씬 높을 거예요.

심완선　이희영 님의 「로열 로드에서 만나」에서는 아예 학교 수업에 VR 기기가 꼭 필요합니다. 수업이 모두 가상 공간에서 이루어지니까요. '채이'가 친구들과 주로 시간을 보내는 곳도 메타버스 안입니다. 서로의 얼굴 대신 아바타를 보지요. 그리고 채이는 '로열 로드'에서 명품 브랜드를 구매하며 자신의 아바타를 꾸미는 데 열중하기 시작합니다.
저는 읽으면서 다시 한번 아바타의 어원을 생각했습니다. 천상에 살던 신이 우리의 물질세계에 내려오는 것이잖아요. 하지만 현재의 아바타는 우리가 추상의 세계로 가는 것입니다. 이런 이동은 상승일까요, 하강일까요? 채이는 물질의 제약에서 자유로워지는 것일까요, 아닐까요?

채이는 로열 로드를 통해 자신을 짓누르는 가난에서 조금이나마 벗어납니다. 로열 로드의 세계는 반짝반짝 빛나고, 세련되고, 가격표에 몇 천만이라는 숫자가 붙어 있어도 큰 고민 없이 구매할 수 있는 곳입니다. 채이는 명품 브랜드 쇼핑을 하며 친구들과 "기분 전환"을 합니다. 반면 로열 로드 밖은 "좁고 높고 어두운 곳"에 있는 "키 작은 상점들과 어깨를 나란히 하는 빌라촌"이에요. 단단하고 무겁게 뿌리박힌 세계입니다. 로그아웃할 수 없어요. 이런 "진짜 세상"으로 돌아가면 가난이 기다리고 있으니, 채이는 왈칵하는 마음에 더욱 가상의 쇼핑에 몰두하게 되어요.

하지만 결국 로열 로드의 경험에는 돈이 필요합니다. 비록 몇천 원씩에 불과하지만 갈수록 돈이 들어요. 바깥보다 다양한 활동이 가능한 것처럼 보이지만 그렇지 않죠. 오히려 선택의 폭이 좁아집니다. '구매할 것이냐, 말 것이냐' 둘 중 하나로요. 채이의 생각은 점점 '돈을 내느냐, 내지 못하느냐'로 쏠립니다. 돈이 절실해져요. 로열 로드를 통해 가난을 외면할수록 채이가 체감하는 가난은 점점 덩치가 커지는 거예요. 그러다 펑 터지죠.

김영희　　채이가 쇼핑을 시작한 이유는 물건 가격이 싸기 때문이었죠. 그것이 필요한지 아닌지, 어떤 즐거움을 줄지보다 '싸다'는 점이 채이를 자극합니다. 무엇인지보다 얼마인지가 두드러져요. 이것도 특징적인 장면으로 보였어요.

김담희 채이의 독백에서 "그들만의 세상" 혹은 "보이지 않지만 단단하고 견고한 벽" 같은 말이 여러 번 등장해요. 그러나 채이는 메타버스를 통해 그 벽 너머로 가는 경험을 합니다. 아이돌 그룹 '미즐'의 공연을 보고 처음으로 "이 모든 간절함"을 느끼게 되지요. 모르는 것은 욕망할 수 없는데, 채이는 벽 너머를 알게 된 거잖아요. 비록 미즐을 직접 보진 못했지만 그 아바타의 공연이라도 매우 환상적이었으니까요. 채이가 느끼던 벽은 메타버스를 통해서나마 조금쯤 허물어지지 않았을까 생각합니다.

그런데 채이의 경험이 소비를 핵심으로 이루어지긴 합니다. 채이의 간절함은 물질적 욕망으로 집중되고요. 가상 세계인데 너무 우리 사회 같죠. 게다가 로열 로드는 입장료를 받잖아요. 돈을 써야만 들어갈 수 있어요. 학생들에게 '시험 기간 끝나면 뭐 하고 놀 거야?'라고 물어보면 다양한 답이 나오는데, 하나같이 돈을 써야 하는 장소에 가는 일이에요. 놀기 위해서는 돈을 써야만 하는 환경이에요. 돈이 없으면 경험에서 배제되게끔요. 채이, '해나', '아진' 사이에서도 경제적 격차에 따른 경험의 차이가 조금씩 드러납니다.

심완선 그런 점에서 마지막에 채이와 아진이 대화를 나누는 장소가 공원이라 좋았습니다. 그곳은 공원이라 부르기 초라할 정도의 공터에 불과하지만, 돈을 쓰지 않아도 누구든 입장할 수 있는 공간이에요. 배경의 변화에 따라 채이의 인식도 달라집니다. 채이는 낮은 빌라촌에서 시작해서, 반짝이는 로열 로드를 겪고, 마지막에는 작고 평범한 공터로 가요. 어둡긴 하지만 달이 "여린 빛으로 희미하게 빛"나는 곳으로요.

다만 이 소설을 단순히 '가상현실은 나빠'라는 결론으로 읽지 않으면 좋겠습니다. 앞서 상승과 하강을 물었는데, 사실 채이가 경험하는 바를 보면 수평 이동에 가까워 보여요. 더군다나 채이는 로열 로드 덕분에 아진이 겪은 "추락"을 훨씬 자그마한 규모로 겪습니다. 로열 로드는 '5천만 레스'가 5천 원으로 축소된 곳이잖아요. 채이가 겪는 피해는 상대적으로 작고 배움은 큽니다. 가상 세계를 통했기 때문이에요. 소설에 "놀이와 공부의 균형"이 언급되는데, 메타버스의 안과 밖의 균형이라고도 읽힙니다. 앞으로 채이가 메타버스와 관계를 맺는 방식도 달라지지 않을까요?

김영희   흔히 가상 세계를 신기루처럼 여기잖아요. 메타버스의 경험을 다 환상이라고 보고요. 그런데 우리가 일상에서 수행하는 소비 행위도 환상성을 띠는 것은 마찬가지예요. 그 물건을 광고하는 모델과 비슷해지리라는 환상, 그 가격의 물건을 구매하는 사람들과 같은 계층이 된다는 환상이 있어요. 채이는 물건을 사며 '그들'과 같은 위치에 선다는 환상을 누립니다. 어리석어 보이지만 우리 일상에서도 일어나는 일이에요. 메타버스의 환상성과 소비 행위가 주는 환상적 감각을 연결하며 읽어도 좋을 듯합니다.

심완선　　미즐의 공연 장면도 재미있죠. 미즐은 "너만의 세상 속으로, 너만의 꿈을 찾아. / 누구도 너를 대신할 수 없어."라고 노래합니다. 정작 이 노래를 부르는 이는 미즐을 대신한 아바타인데요. 그래서 굉장히 아이러니한 가사로도 보입니다. 메타버스는 '나만의' 것을 찾는 데 어떻게 작용할까요?

김담희　　채이의 '간절함'이 여러 방향으로 확장될 수 있지 않을까요. 채이는 한번 벽을 넘어 본 거잖아요. 자기가 알던 세상 바깥을 경험하고, 이해하고, 욕망하게 되었어요. 미즐 공연을 보고 세 친구는 '실제 공연은 얼마나 멋질까'라는 감상을 나눕니다. 가상 세계로나마 그 감동을 느꼈으니까요. 그런 점에서 가사가 아이러니하지만은 않아요. 네가 정말로 원하는 바가 무엇인지 찾아보라고 등을 밀어 주잖아요.

심완선　　어쩌면 이것도 또 다른 소비로 끝날지도 모르고요. 소비 욕망을 통제하기가 너무 어려워요. 가상에서든, 일상에서든요.

김영희　물질적 욕망을 통제하는 일은 온전히 자기 책임은 아니에요. 돈을 써야만 하는 구조, 구매욕을 과하게 자극하는 판매자에게 물어야 하는 몫이 존재해요. 소비를 선택하는 이는 자신이라도, 그 선택에는 다양한 요소가 작용해요. 그러니 독자들이 소비의 책임을 전부 자기 탓으로 돌리진 않으면 좋겠어요.

작중 어른들이 어떤 태도를 지녀야 하는지 생각하게 하는 대목이 있어요. 도둑질이 들통났을 때 채이의 언니는 화를 내는데, 아빠와 엄마는 별로 화내지 않아요. 잘못을 무작정 포용하는 것은 아니지만, "견물생심이라 안 하냐"라며 채이의 욕망을 이해하잖아요. 아마도 두 어른이 채이 대신 문제를 수습할 테고요. 만일 어른들이 채이를 비난했다면 전부 채이의 책임이 되었겠죠. 그런 점에서 어른들의 반응이 중요했습니다. 덕분에 채이는 자기가 정말 잘못했는지, 왜 그랬는지 고민할 여지를 얻습니다. 자기가 한 일로부터 도망치지 않아요.

김담희　공격하지 않는 부모, 괜찮다고 말해 주는 친구가 나오죠. 저는 청소년 때 제게 주어진 선택지가 하나라는 점이 두려웠어요. '내 눈앞의 세계가 내 전부면 어쩌지' 하는 점이요. 작은 실수나 실패도 허용되지 않을 듯해 무서웠거든요. 그러다 제가 보던 세계가 전부는 아니라는 사실을 알고 큰 위안을 받았고요. 나와 다른 세계, 다른 사람들이 있다는 생각만으로도 마음을 가라앉히는 데 도움이 돼요.

심완선　눈앞의 과제 해결에 급급할 때는 '그게 전부가 아니다', '괜찮다'라는 말을 믿기가 힘들어요. 하지만 먼저 어른이 되어 본 입장에서는 자꾸 그런 말을 하게 되죠. 누가 계속 해 줘야 할 말이고요. 그래야 듣는 사람이 '진짠가?'라고 의식할 가능성이 열리니까요. 혹여 나중에야 그 사실을 체감하더라도, 한번 들어 본 사람은 조금이라도 빨리 체감할 테죠. 그러리라 믿어요.

김영희　결말에서 쓰레기가 언급되는 점이 흥미로웠어요. 메타버스는 "먼지 한 톨" 없이 깨끗했다는 묘사가 있어요. 그렇게 깨끗해지려면 누가 청소해야 하잖아요. 메타버스는 그런 과정 없이도 깨끗한 결과를 유지해요. 아무것도 할 필요가 없어요. 이상적으로 보이죠. 채이의 아빠와 대조적이에요. 아빠는 노력하는 인물인데요. 아버지가 시험 삼아 호떡을 만들 때 "오랜 시간 요리를 해온 경력은 역시 무시할 수 없었다"고 나오거든요. 장사가 안 되던 와중에도 요리 경험을 쌓았기 때문에 호떡을 맛있게 만드는 거예요. 채이가 가족들에게 추궁당할 때 아빠가 호떡 때문에 다른 사람과 통화하는데, 호떡 사업이 진척되고 있다는 느낌이었어요. 이렇듯 아빠가 쌓아 온 과정은 그가 다른 방향으로 향할 때 발판으로 작용합니다. 메타버스에서 나타나는 '과정 없음'

과 대비를 이루어요.

심완선　앞서 하나의 대화에 길게 집중하기가 어려워졌다는 이야기를 했죠. 관심을 금방 끊고 다른 자극을 찾는다고요. 온라인에 접속해 있으면 그게 매우 쉬워요. 조금만 재미없다 싶으면 바로 그만두게 돼요. 하다 말고, 하다 말고. 무언가를 지속하는 과정을 걷기가 쉽지 않습니다. 그러나 미즐의 메타버스 공연처럼, 가상 세계가 새 지평을 열어 준다는 점도 사실입니다. 다양한 자극이 존재하니까 자신이 좋아할 만한 무언가를 찾을 가능성이 높아요. 당장의 성취 없이도 노력을 지속할 만한 '너만의 꿈'을 발견하기도 쉬워지겠지요. 여러모로 사용 방법이 중요하네요.
저는 소설이 "이곳에 쓰레기를 버리지 마시오" 푯말이 떨어지는 장면으로 끝나서 재미있었어요. 채이는 공원에서 마음의 짐을 덜고, 우울감을 버리고 떠납니다. 그건 '쓰레기를 버리'는 일이 아닌 거예요. 채이가 품었던 고민이 쓰레기가 아니라고 말해 주는 듯해요. 의미 있는 과정이었다고요.

2. 진짜와 가짜의 이분법을 넘어서

심완선　다음 작품은 심너울 님의 「이루어질 수 없는」입니다. 여기에는 계속 '진짜'라는 말이 등장해요. 진짜의 반대는 가짜잖아요. 그런데 가상은 가짜가 아니에요. 가상의 반대는 실재입니다. 실재는 물리적으로 존재하고, 가상은 비물리적으로 존재한다는 점이 다르지요. 그런 점에서 둘 다 '진짜' 현실입니다. 작중 '윤희랑'과 '이지영'은 가상을 진짜가 아니라고, 열등하다고 여겨요. 자신들이 메타버스를 마음대로 조작할 수 있는 관리자이기 때문입니다.

하지만 메타버스 조작에도 기존의 규범이 작용해요. 아무리 관리자의 능력과 권한이 있다고 해도 실상 마음대로 조작하지는 못합니다. 그것이 신문 "사회면에 나올"만 한 일이거나, 고객과의 계약 위반이거나, 인간을 해치는 일이기 때문입니다. 우리가 남을 때릴 능력이 있더라도 대체로 그러지 않는 이유와 비슷하지요. 작중 메타버스 속 인물들은 취약할지언정 나름의 방식으로 영향력을 갖습니다. 비록 관리자들을 직접 때리진 못하더라도요. 그렇다면 윤희랑과 이지영이 강력할지언정 무작정 우월하다고 보기는 힘들겠죠.

나아가 윤희랑은 메타버스가 미완성이기 때문에 현실이 아니라고, 현실보다 못하다고 여깁니다. 허니 오트 빵 샌드위치를 먹으며 메타버스에는 그 맛이 없다고 하죠. 하지만 '최진호', '점장', '문성혁' 등 메타버스 인물들은 나름의 입맛과 취향을 지니고 있습니다. 최진호는 올리브와 양파를 잔뜩 넣어 먹는 것을 좋아합니다. 그게 맛있다고요. 바깥세상의 감각과는 다른 방식으로 맛을 느끼기 때문입니다. 그렇다면 윤희랑의 샌드위치가 낫다든가, 그게 '옳은 맛'이라고 간단히 단정할 수도 없지요.

김담희   최진호의 시점과 윤희랑의 시점이 번갈아 나오는
데요. 말씀대로 윤희랑은 메타버스의 관리자인 자신을 우월
한 위치에 놓아요. 그리고 윤희랑은 내내 최진호에게 반말
을 사용합니다. 하지만 말미에 이르면 갑자기 존댓말을 써
요. 최진호가 과거를 떠올리도록 만든 다음부터요. 최진호
는 존댓말을 반말로 바꾸고요. 경어가 단숨에 역전됩니다.
마치 둘의 위계가 변하는 것처럼요. 혹은 가상과 실재 사이에
위계는 없다는 의미로 읽히기도 합니다.

김영희   저는 최진호가 사는 메타버스의 풍경이 윤희랑의
세계보다 현실적이라고 느꼈어요. 윤희랑의 회사가 있는 강
남 테헤란로의 모습은 최진호의 '비둘기대학교' 앞보다 훨
씬 낯설어요. 가상 세계가 오히려 현실감 있다는 점이 풍자
적으로 보이더라고요. 더군다나 최진호의 몸은 식물인간 처
지이지만 메타버스의 최진호는 자유롭게 움직이잖아요. 이
렇듯 최진호의 메타버스는 실재감 있는 공간입니다. 현실이
아니라고 치부할 수가 없어요.

심완선   메타버스에서 자유로워지느냐 아니냐는 「로열 로
드에서 만나」와 이어지는 부분이네요. 메타버스 안과 밖의
우열을 가르기 어렵다고 말했지만, 경험의 폭에 차이가 나

긴 해요. 최진호는 윤희랑이 먹는 허니 오트 빵의 맛을 몰라요. 런던에 가지도 못할 테고요. 설계된 정보밖에 알 수 없고, 정해진 영역에서 벗어날 수 없으니까요.

김영희 하지만 메타버스는 직접 경험을 제시하지 못하더라도 사람들에게 열망을 품게 합니다. 우리가 이야기했듯, 알아야 욕망하잖아요. 최진호가 런던에 가려는 이유는 쓰러지기 전에 가 보았기 때문입니다. 원래의 최진호는 웨스트민스터 사원을 제대로 둘러보기 전에 쓰러졌어요. 메타버스의 최진호는 그곳이 찍힌 사진을 보고 강렬한 끌림을 느낍니다. 런던이 자신에게 새로운 세상을 보여 주리라고 기대해요. 윤희랑과의 만남에도 비슷한 기대를 걸죠. 최진호는 변하고, 경험하고, 새로워지고 싶어 합니다. 설령 목적을 달성하지 못하더라도 그 상태는 의미가 있어요.

심완선 그런데 결말에서 최진호는 바깥을 기억하기를 거부해요. "청하지도 않은 구원"을 거절하고 예전의 자리로 돌아갑니다. 심지어 윤희랑과의 만남은 끊어지고 런던 여행은 잊어버려요. 원래 런던 여행 경비를 모으려고 아르바이트를 시작했던 건데 마지막에는 "아무 이유 없이" 시작했다고 기억하잖아요. 최진호가 바라보던, 새로운 세상을 향한 통로는 없어집니다. 바깥을 충분히 알았기 때문에 갈망이 사라진 것일까요?

어쨌든 더는 "선생님들이 만든 세계관"에 "홀려 버리지" 않게 되었으니, 최진호의 결론이 꼭 퇴보는 아닙니다. 하지만 앞으로는 변화가 일어나지도 않을 거예요. 최진호는 "좁고 안락한 세상에 안주"할 테니까요. 그런데 이런 무관심이 '진짜' 사람다운 모습이라는 점이 또 재미있어요. 작중 이지영은 "보통 사람은 삶에서 뭐가 진짜인지, 가짜인지 그렇게 신경 쓰지 않"는다고 말합니다. "그냥 자기 믿음이 일관되게 유지되는" 것을 바란다고요.

김영희　최진호가 학창 시절을 떠올릴 때 등장하는 "선생님들이 만든 세계관"이라는 표현이 현실적이었어요. 덕분에 이 소설이 청소년의 학창 시절에 관한 거대한 은유로도 보입니다.

김담희　저도요. 작중 메타버스는 꿈을 가질 수 없는 공간이고, 꿈을 가진 최진호는 이 세계에서 오류예요. 얌전히 공부하며 미래를 유보해야 하는 학창 시절과 모습이 겹쳐집니다. 그리고 최진호를 향한 윤희랑의 태도는 청소년을 대하는 어른의 모습 같기도 해요. '너에게 좋은 건 따로 있다'는 식이거든요. '구원자 콤플렉스'라는 말이 나오지요. 윤희랑은 최진호를 자꾸 다른 곳으로 데려가려고 하는데, 당사자는 그걸 원치 않습니다. '정말 청소년이 그걸 원할까?'라고 자문하게 돼요. 물론 윤희랑은 당사자의 의사를 물어보기라도 한다는 점에서 이지영과는 다릅니다. 그러나 잘 보면 윤희랑은 답을 정해 놓고 물어보는 거예요. 정말로 대답을 들으려는 게 아니라요.

이 지점에서 김초엽, 김원영 님의 『사이보그가 되다』가 생각났어요. 청각 장애인이 인공지능으로 구현한 목소리를 내자 가족이 감격의 눈물을 흘리는 광고 이야기를 하거든요. 해당 광고가 정말 청각 장애인을 위한 것인지 짚어 보면, 그렇지 않다는 거예요. 지극히 비장애인 중심으로 만들어졌기 때문이에요. 타인을 위한다는 일은 정말 어렵고 섬세한 작업이라는 생각을 했습니다.

김영희   덧붙이자면, 청소년 자녀를 양육하는 부모님 중에는 '사교육 시장에 내 아이를 몰아넣지 말아야지, 아이의 주체성을 지켜 주어야지'라고 다짐하고 실천하는 분들이 꽤 계세요. 자녀에게 '네가 원하는 걸 해 봐, 지지해 줄게'라고 해요. 그런데 내키는 대로 지내기를 아이들이 원하는지조차 정확하지 않아요. 아는 분이 '나는 아이에게 학업을 강요하지 않는 방식으로 아이를 존중하고 있어'라고 생각해 왔는데, 정작 아이로부터 '학교 수업을 쫓아가지 못하겠다'며 원망을 들었다고 말씀하시더라고요. 그래서 큰 혼란을 느꼈다고요. 자녀의 주체성을 지켜 주려는 의도였는데 자녀 입장에서는 원하는 바가 달랐다는 것이니까요. 물론 사교육을 받아야 한다는 말은 아닙니다!(웃음) 상대를 도우려면 어떻

게 할지 진정으로 섬세한 고려가 필요하다는 생각을 하게
돼요. 정답은 없겠죠. 유일하게 확신하는 방향은, 상대방이 스스로
생각해 볼 기회를 주어야 한다는 거예요.

심완선　섬세함은 어떻게 가능할까요? 적어도 자기가 틀릴 가
능성을 생각할 필요가 있겠어요. 상대방이 나의 기대와 다를 수
도 있다고요. 소설 속 인물들이 공통적으로 못하는 부분입
니다. 이지영과 윤희랑은 물론이고, 최진호도 윤희랑을 자
기 마음대로 상상하고 규정하다가 실망하잖아요. 세 명의
모습은 모두 생생한 오답 노트지요. 이런 점에서도 소설이
도움이 돼요.

3. 메타버스로 달라지는 관계

심완선　상대방에게 제멋대로 기대하는 태도와 관련해, 전
삼혜 님의 「수수께끼 플레이」의 '나'의 모습이 재미있었어
요. '나', 윤가람은 '플레이어 004'가 이름을 말해 주지 않아
도 불쾌해하지 않잖아요. 상대방이 자신의 기대에 부응하지
않았는데도 기분 나빠하는 대신 상대방이 "뜻밖의 대답"을
하는 이유를 헤아립니다. "나도 드러내고 싶지 않은 부분이
있"으니 상대방도 그러리라고요. 그래서 억지로 묻는 대신
상대방이 준비되기를 기다립니다. "내가 널 찾진 않을 건데,

혹시 날 찾고 싶으면 찾으라"며 결정권을 넘겨요.

이렇듯 둘이 자신을 숨기는 이유는, 상대와의 관계를 소중하게 여기기 때문입니다. 보통은 자기 얘기를 숨기면 친해지기 싫다는 것처럼 보이잖아요. 그런 통념과 달리, 둘은 서로 비밀을 존중하며 조심스럽게 탐색합니다. 사실 이들이 게임에서, 가상 세계에서 만나기에 가능한 일이지요. 이름도 얼굴도 목소리도 가려지는 곳이니까요.

다만 모두가 게임에서 둘처럼 굴지는 않는다는 점을 짚고 싶어요. 둘은 드물게도 학교에서 시키는 게임을 성실하게 플레이하는 사람입니다. 게임과 일지가 귀찮은 숙제가 아니에요. 일지에 자기가 정말로 생각하는 바를 적잖아요. 이들은 게임에서 익명으로 지내지만, 속마음은 오히려 솔직하게 털어놓습니다. 자신이 진심인 만큼 상대의 마음도 존중하고요. '진짜 관계'가 무엇인지 다시 생각하게 되어요.

김영희　직업상 청소년이 소설을 읽어야 하는 이유를 거듭 골몰하게 돼요. 「수수께끼 플레이」에서 상대를 규정하지 않는 모습이 산뜻하고 좋은데, 현실에서는 이런 우정을 접하기 힘들잖아요. 소설이 사례를 제시해 주어서 마음이 편했습니다. 느리더라도 온전하게 가까워지는 방법을 참고할 수 있어요.

그리고 이런 관계도 친구가 맞다고 확신을 주는 점이 좋았어요. 우리가 쓰는 언어는 기본적으로 기성세대에 맞춰진 것이잖아요. 전에는 이름도 모르고 직접 만나 본 적도 없는 사이는 친구라고 부르지 않았어요. 온라인 만남이 일반적이지 않았으니까요. 반면 지금의 청소년은 온라인 관계가 친숙하죠. 대면하지 않고도 친해지고, 사랑하고 있어요. '이게 친구가 맞나?', '이게 사귀는 게 맞나?' 하고 혼란스러워할 만해요. 본인들에게는 일상인데 언어로 인정되지는 않은 상태라서요. 이 소설은 네 판단이 틀리지 않았다며 고개를 끄덕여 주는 듯해요.

김담희 정말 우정의 양상이 다양하다는 생각이 들어요. 둘의 관계를 지켜보니 제목이 중의적으로 읽혔어요. 둘은 게임의 수수께끼를 풀면서, 서로에 관한 수수께끼를 풀어요. 004의 일지는 게임에 관한 힌트를 주지만 동시에 004 자신에 관한 힌트기도 해요. 윤가람은 아무것도 모르는 상태에서 004의 수수께끼를 풀며 그 애가 어떤 사람인지 조금씩 알아 갑니다. 아마 004도 그랬겠지요.

심완선 저는 이런 글을 쓴 적이 있어요. 상대방과 같이 밥 먹는 것과 상대방의 일기장을 읽는 것, 둘 중 어느 쪽이 '진짜'로 상대를 알아 가는 일인지 판가름할 수는 없다고요. 정보의 종류가 다르기 때문입니다. 저는 일기장 쪽이 마음에 들고요. 하지만 온라인으로만 이어진 관계는 너무 취약하지 않은지 고민스러워요. 진실한 마음으로 깊이 이해한 사이라도, 누가 접속을 끊으면 바로 교류가 끊어지잖아요. "이 세계는 모든 게 가능한 세계"니까, 좋아하거나 싫어하는 일은 물론 "갑자기 멀어지는 것도" 마음대로 가능해요. 윤가람은 이를 알고 있어요.

이와 관련하여, "변하지 않는 게 좋"다는 004의 말은 둘의 거리가 줄어들지 않길 바란다고 말하는 듯합니다. 윤가람은 변화가 일어나길 바라는 쪽이고요. 게임 캐릭터가 달라지길 바라고, 004와 가까워지길 바라요. 004를 찾아가고 싶어 하고, 004가 '윤가람' 이름을 토대로 자신을 찾아와 주기를 기대하죠. 둘의 관계가 그대로 온라인에만 머무른다면, 그래서 오프라인으로 확장되지 않는다면, 둘은 싸우게 되지 않을까요? 친구에게 기대하는 바가 다르니까요.

김담희　　　그런데 저는 우정의 가장 중요한 요소가 서로를 궁금해하는 것이라고 생각해요. 뭘 좋아하는지, 뭐하고 지내는지, 계속 물어보잖아요. 묻고 또 묻고, 관심을 갖고, 관찰하고, 점점 알아가는 일이 일어나요. 대답이 자기랑 같지 않아도 친구가 되곤 하고요. 윤가람은 세상을 구석구석 활보하며 새로운 사실을 알아가는 데 자유를 느끼는 인물이에요. 메타버스에선 무엇이든 가능한 줄 알았는데 NPC들은 변화하지 못한다는 것을 깨닫자 답답해합니다. 반면 004는 변하지 않는 점에서 자유를 느껴요. 익명성을 그대로 유지하고자 하죠. 같은 메타버스에 있어도 둘이 감각하는 자유는 달라요. 그런데 각자의 자유를 인정하면서도 우정은 존재할 수 있어요.

정은 님의 『산책을 듣는 시간』에는 청각 장애인인 '수지'와 시각 장애인인 '한민'의 이야기가 나와요. 세상을 느끼는 방식이 아주 다른 둘은 서로를 '이해하지 않을 자유를 누리면서도 곁에 있는 관계'가 됩니다. 윤가람과 004 역시 "같이 플레이하고 싶"은 마음 하나로도 오래 곁에 있을 수 있을 거라 믿어요.

김영희 둘이 함께 플레이하면서 혼자서는 못 하던 문제를 해결하죠. 004는 전투를 해내고, 윤가람은 게임의 수수께끼를 풀어요. 성향은 달라도 둘은 좋은 동료입니다. 게다가 004는 글쓰기를 좋아하는데 게임에서 비로소 자기 글을 좋아하는 사람을 만났어요. 전에는 "그런 글을 썼다가 여러 번 놀림도 받았"는데 윤가람이 처음으로 좋아해 준 거죠.

학생들의 말을 들어 보면 자기 관심사를 공유할 친구가 주변에 없다고 해요. 예를 들면 동물권에 관심이 있는데 알아주는 사람이 없었다고요. 그런데 온라인에서는 자신이 중시하는 바를 마찬가지로 중요하게 생각하는 사람들을 접하기가 훨씬 쉽잖아요. 그런 만남이 매우 중요한 경험이고요. 004처럼 자신이 이상하지 않다고 해 주는 사람을 만나는 일이요.

그러다가 공허함을 느끼기도 하죠. 서로 자기가 안전한 만큼만 정보를 드러내다가 '갑자기 멀어지는' 일이 심심찮게 일어나니까요. 그런 점에서 다양한 친구가 모두 필요하지 않은가 싶어요. 취향이 맞고 대화가 잘 통하는 친구, 관심사는 달라도 안정감을 주는 친구요. 가상과 실재를 나란히 품어야 하지 않을까요. 이 소설은 우정을 실현시키는 요인이 무엇인지 기성세대에게도 답을 줄 수 있겠어요.

김담희 '군중 속의 고독'이라는 말이 생각나요. 주변에 사람이 얼마나 있든 자신을 온전히 이해해 주는 사람이 없으면 너무나 외롭잖아요. 그러다 이야기할 사람을 만나면, 그게 단 한 명이라도 소중한 인연이 되고요. 가상 현실의 만남이라도요.

김영희 사람이 '현생'이 너무 힘들다 보니 온라인에서 즐거움을 추구하게 되는데요. 플랫폼마다 즐거움을 주는 영역이 제각각 달라요. 여러 플랫폼으로 활동의 범위를 넓히는 것은 나의 생에 의미를 부여하려는 치열한 노력이라고 생각해요. 우물을 많이 파 두는 일이라고요.

심완선 맞아요. 그런데 아무리 많은 계정을 갖더라도 온라인에서는 타인을 걸러 내기가 훨씬 쉬워요. 마음에 드는 사람만 보고, 아니면 차단해 버릴 수 있어요. 나만 일방적으로 구경하는 일도 가능하죠. 그러다 내키는 대로 떠나고요. 여기에 익숙해지면 오프라인이 불편해지는 듯해요. 사람을 직접 만나면 아주 많은 요소를 한꺼번에 보게 되잖아요. 그런데 타인은 나와 다른 개인이고, 내가 보기에 울퉁불퉁한 면이 반드시 존재해요. 거기에 거부 반응을 보이는 역치가 점점 낮아지는 것 같아요. 그리 큰 결점이 아니라도 나와 맞지 않으면 반사적으로 부정하는 식으로요.

김영희　　실제로 코로나19가 유행한 이후에 오프라인의 관계가 굉장히 취약해졌어요. 매끄럽지 않은, 울퉁불퉁한 면모가 포함된 인간관계를 버티는 힘이 조금 더 필요하죠. 그렇다면 타인을 대하는 경험을 어떻게 늘릴 수 있을까요. '그냥 버텨!'라고 할 수도 있겠지만, 그런 강제는 해 봤자 효과가 없겠지요. 일방적으로 강요하고 싶지도 않고요. 약이 필요하다면 캡슐을 만들고 싶어요. 가루약은 쓴맛 때문에 먹기 힘들지만 캡슐 형태의 약은 쓰지 않잖아요. 약효가 발휘되는 점은 같고요. 기성세대가 할 수 있는 일은, 청소년에게 약효가 있되 먹기 쉬운 형태로 관계의 경험을 제공하는 것이라고 봅니다.

심완선　　저는 온라인에서 많이 배웠어요. 남을 걸러내지 않으려고 노력할 때 많이 배우는 듯해요. 일방적으로 남을 지켜보는 일이 꼭 나쁘진 않아요. 안전거리를 유지할 수 있으니까 내가 싫어하는 걸 들여다보기가 조금 쉬워요. 폭력적인 사람은 싫지만, 온라인이라면 그 사람이 왜 그러는지 차분히 살필 여유가 있어요. 평소라면 듣도 보도 못했을 혐오 발언도 다양하게 만나요. 혹은 몰랐던 사실을 접하며 반성할 때도 많죠. 안전하게 떨어져 있으면, 채이가 그랬던 것처럼 내가 틀렸는지 검토할 여지가 생기거든요. 세상이 내가 보는 대로가 아니라는 사실을 자주 의식해요. 그러다 너무 힘들면 쉬어가도 되고요.

온라인에서 형성하는 관계망을 버블로 설명하는 걸 봤어요. 이론적으로는 아주 다채로운 만남이 가능하지만 실제로는 자기 말에 동조하는 사람끼리만 만난다고요. 나의 버블에서만 정보를 접하고 다른 버블은 존재조차 모르는 거죠. 그게 편하고, 또 가능하니까요. 그럼 나랑 똑같은 소리만 나오는 세상에 갇혀서 생각이 점점 편향돼요. 오프라인에서보다 경험이 한정되는 셈이에요. 껄끄러워도 의식해서 보려고 해야 나와 다른 위치에 선 사람들이 보여요. 경험과 이해의 폭이 넓어진다고 할까요. 그러니 그냥 짜증 내고 무시하고 넘어가지 말고, 5분만이라도 시간을 들여 천천히 보려는 시도가 필요하지 않나 싶어요. 물론 말이 쉽지, 실제로는 잘 안 되고 별로 하고 싶지도 않아요. 하지만 문을 열어 볼 거라면 안전한 공간에서 해 보는 게 좋죠.

김담희   나와 목소리가 같은 상대를 찾는다는 장점, 그 이면에는 버블에 갇힐 수 있다는 위험이 있네요. 최진호의 경우와 닮았어요. 사람들은 진짜와 가짜를 구분하기보다 자기 믿음을 일관되게 유지하려 든다고 소설에서 말했잖아요.

김영희　　동의해요. 그리고 본성과 교육이 분리되어야 한다고 생각해요. 나와 비슷한 사람을 찾는 성향은 본능일 거예요. 가상 현실을 통해 동류를 발견하고 자신을 강화하며 자기혐오를 없앨 수 있다는 점, 그게 사람을 살게 할 테고요. 동시에 버블에 갇히지 않도록 하는 건 교육의 영역이라고 생각합니다. 사람이 당을 찾는 건 본능이지만, 영양소를 고루 섭취하는 건 교육으로 가능하잖아요. 그렇다면 어른들의 역할이 분명하지 않을까요. 가상현실을 부정하지 않되, '이것도 함께 생각해야 해'라고 알려 주는 것이요.
「수수께끼 플레이」의 메타버스 세계는 조악하잖아요. 동화를 가져다 억지스럽게 구축했어요. 뜬금없이 플라스틱을 재활용하라는 등 교훈적인 내용이 나오고요. 이건 기성세대 문법이에요. 학교에서 시키는 것이니 선생님들이 만들었겠죠. 답답하고 부자유스러워요. 그런데 주인공들은 그런 게임에서도 자신을 변화시켜요. 어른들의 설계에서 벗어나서요. 이들은 '그래, 플라스틱 사용을 줄여야지' 같은 생각은 조금도 하지 않죠. 대신 자신에게 재미있는 것을 찾고, 그걸 함께할 사람을 만나요. 하지만 그 시작점이 게임 플레이 일지라는 점이 인상적이에요. 선생님이 하라고 시키는 일이잖아요. 이들의 경험이 어른들의 예상대로 흘러가진 않지만,

그래도 교육의 방향 설정과 밑작업이 의미가 있다는 메시지를 줘요.

4. 마무리

심완선 작품집 전체에 대해서는 어떻게 느끼셨나요?

김담희 메타버스가 존재하기 때문에 주인공이 택할 수 있는 선택지가 늘어나요. 물론 선택지에는 오답이 있어요. 하지만 여러 선택지가 여러 세계를 보여 주죠. 그런 점에서 함께 이야기 나누기 좋은 책이었어요.

김영희 지금은 청소년 SF가 많이 출간됐어요. 이 책도 그중 하나라서 반가워요. 메타버스가 중점이 되니 좀 새로웠고요. 메타버스는 자기가 직접 선택하는 요소가 많은 세계이니, 청소년이 읽으면 자유롭다는 느낌을 받지 않을까요. 저는 기성세대로서 가상 세계에 관해 몰랐던 면을 많이 발견했어요. 이렇게 보면 성인이 읽는 것이 중요할지도 모르겠네요.

심완선 온라인은 안전하기에 나만의 세계에 갇히기 쉽고, 또 안전하기에 밖으로 나가기 쉽다고 했었죠. 소설도 마찬가지 같아요. 내가 읽으려고만 하면 안전하게 문이 열린다는 점이요. 편하고 뻔한 이야기만 읽을 수도 있지만, 다른 세계를 열려고 조금씩 시도해 볼 수 있어요.

김담희 　사서 교사인 저는 학교 도서관에서 주로 학생들을 만나는데요. 학교 도서관은 교실과는 다소 다른 장소예요. 공간이 넓고, 평소와 다른 학생이나 선생님을 만날 수 있고, 책이 많지요. 그래서인지 학교 도서관을 방문하는 학생들은 교실에서와는 다른 모습을 보여 주기도 해요. 교실에서 학생을 주로 만나는 선생님들과 이야기하다 보면, 의외라고 느낄 때가 꽤 있어요. 제가 보던 모습과 다른 면들이 나오거든요. 학교 도서관을 이용하는 동안, 평소의 자리에서 벗어나 자신의 새로운 모습을 찾기 때문이지 않을까요. '부캐'가 드러나는 거죠. 이 책도 그런 자리가 되면 좋겠어요.

텍스트T 004
모열 모든에서 만나

초판 1쇄 인쇄 2023년 1월 16일 **초판 1쇄 발행** 2023년 1월 30일

글 이희영, 심너울, 전삼혜
펴낸이 이승현

출판3 본부장 최순영
어린이 문학 팀장 박현숙
편집 정지혜
키즈 디자인 팀장 이수현
디자인 진예리

펴낸곳 ㈜위즈덤하우스 **출판등록** 2000년 5월 23일 제13-1071호
주소 서울특별시 마포구 양화로 19 합정오피스빌딩 17층
전화 02)2179-5600 **내용문의** 02)2179-5781
홈페이지 www.wisdomhouse.co.kr **전자우편** kids@wisdomhouse.co.kr
ISBN 979-11-6812-555-1 43810